LA PACIENCIA
DE LOS HUESOS

Charlaine Harris (Misisipi, Estados Unidos, 1951), licenciada en Filología Inglesa, se especializó como novelista en historias de fantasía y misterio. Con la serie de novelas *Real Murders*, nominada a los premios Agatha en 1990, se ganó el reconocimiento del público. Su gran éxito le llegó con *Muerto hasta el anochecer* (2001), primera novela de la saga vampírica *Sookie Stackhouse*, ambientada en el sur de Estados Unidos. La traducción de las ocho novelas de la saga a otros idiomas y su adaptación a la serie de televisión *TrueBlood (Sangre fresca)* han convertido las obras de Charlaine Harris en best-sellers internacionales.

TÍTULOS PUBLICADOS DE LA SERIE REAL MURDERS:

1 – Unos asesinatos muy reales (Punto de Lectura)
2 – La paciencia de los huesos (Punto de Lectura)
3 – Tres habitaciones y un cadáver (SUMA)

www.charlaineharris.com

CHARLAINE HARRIS

LA PACIENCIA DE LOS HUESOS

Traducción de Omar El-Kashef

punto de lectura

Título original: *A bone to Pick*
© 1992, Charlaine Harris Schulz
© Traducción: 2011, Omar El Kashef
© De esta edición:
2012, Santillana Ediciones Generales, S.L.
Avenida de los Artesanos, 6. 28760 Tres Cantos. Madrid (España)
Teléfono 91 744 90 60
www.puntodelectura.com

ISBN: 978-84-663-2636-0
Depósito legal: M-27.566-2012
Impreso en España – Printed in Spain

Imagen de cubierta: OpalWorks

Primera edición: octubre 2012

Impreso por **blackprint**
A CPI COMPANY

Para Patrick, Timothy y Julia

Capítulo 1

En menos de un año, había acudido a tres bodas y un funeral. A finales de mayo (durante la segunda boda, pero antes del funeral), había decidido que ese sería el peor año de mi vida.

La segunda boda fue ciertamente alegre desde mi punto de vista, pero al día siguiente la cara no dejó de dolerme por culpa de la sonrisa nerviosa que había forzado en mis labios. Ser la hija de la novia era un poco extraño.

Mi madre y su novio avanzaron entre las sillas plegables dispuestas en el salón de ella y se detuvieron frente al atractivo sacerdote episcopaliano. Así, Aida Brattle Teagarden se convirtió en la señora de John Queensland.

Por extraño que pareciera, tenía la sensación de que eran mis padres los que se habían emancipado mientras yo me había quedado en casa. Mi padre y su segunda esposa, junto con mi hermanastro Phillip, habían atravesado el país para afincarse en California el año anterior. Ahora, mi madre, si bien seguiría viviendo en el mismo pueblo, tendría definitivamente unas prioridades muy distintas.

Sería todo un alivio.

Así que sonreí a los hijos casados de John Queensland y a sus respectivas esposas. Una de ellas estaba embarazada (¡mi madre no tardaría en ser madrastra!). Esbocé una amable sonrisa al nuevo sacerdote episcopaliano de Lawrenceton, Aubrey Scott. Exudé buenas intenciones hacia los comerciales de la inmobiliaria de mi madre. Sonreí a mi mejor amiga, Amina Day, hasta que me dijo que me relajara.

—Tampoco hace falta que sonrías en todo momento —me susurró por la comisura de la boca mientras el resto de su cara permanecía atenta a la ceremonia del corte de la tarta. Enseguida recompuse mi expresión en líneas más sobrias, agradecida por que Amina hubiese conseguido unos días libres de su trabajo en Houston como secretaria de un bufete. Pero más tarde, en la recepción, me dijo que la boda de mi madre no era la única razón por la cual había venido a Lawrenceton a pasar el fin de semana.

—Me caso —me contó, azorada, cuando pudimos encontrar un rincón de soledad—. Se lo dije a mis padres anoche.

—¿Con... quién? —logré articular, estupefacta.

—¡No has escuchado nada de lo que te he dicho cuando te llamé!

Es posible que hubiese dejado correr los detalles específicos como una corriente fluvial. Amina había tenido muchos novios. Desde los catorce años, su increíble carrera de citas solo se había visto interrumpida por un breve matrimonio.

—¿El gerente de los almacenes? —Empujé mis gafas sobre la nariz para poder verla mejor, con su buen metro sesenta y cinco. En los días buenos, yo digo que ando por el metro cincuenta y cinco.

—No, Roe —suspiró Amina—. Con el abogado del bufete de la otra firma, que está al otro lado del pasillo donde trabajo. Se llama Hugh Price. —Puso una cara de lo más empalagoso.

Así que formulé las preguntas de rigor: cómo se lo había pedido, durante cuánto tiempo habían salido juntos, si su madre era tolerable… y la fecha y lugar de la ceremonia. Amina, que era muy tradicional, se casaría en Lawrenceton, y esperaría unos meses, lo que me parecía una gran idea. Su primera boda se produjo a resultas de una fuga en la que habíamos participado yo misma y el mejor amigo del novio a modo de acompañantes incompatibles.

Otra vez sería dama de honor. Amina no era la única amiga a la que había acompañado en casos similares, pero sí la única por quien lo haría dos veces. ¿Cuántas veces se puede ser dama de honor de la misma novia? Me pregunté si la última vez que lo hiciera debería apoyarme en un andador.

Entonces mi madre y John escenificaron su digna salida, brillantes el pelo y los dientes blancos del novio, mi madre tan glamurosa como de costumbre. Iban a pasar una luna de miel de tres semanas en las Bahamas.

El día de la boda de mi madre.

Me vestí para la primera boda, la de enero, como quien se enfunda en una armadura para ir a la batalla. Me había recogido la espesa y rebelde melena en un sofisticado peinado (eso esperaba) hacia atrás, me puse el sujetador que mejor resaltaba mis atributos y estrené un vestido dorado y azul con hombreras acolchadas. Los zapatos de tacón eran los mismos que me puse durante mi cita con Robin Crusoe, y suspiré pesadamente mientras me los ponía. Habían pasado meses desde la última vez que vi a Robin, y el día ya era lo bastante depresivo como para tener que pensar en él. Esos tacones al menos me harían tocar el techo del metro cincuenta y siete. Me maquillé con la cara lo más cerca posible del espejo iluminado, ya que sin mis gafas no veo tres en un burro. Me puse el maquillaje justo como para sentirme cómoda y un poquito más. Mis ojos redondos se hicieron más redondos todavía, las pestañas se alargaron y luego lo cubrí todo con mis amplias gafas de caparazón de tortuga.

Tras colar un precavido pañuelo en el bolso, me eché un vistazo en el espejo con la esperanza de parecer digna y despreocupada, y bajé las escaleras hacia la cocina de mi apartamento adosado para coger las llaves y un buen abrigo antes de acudir a uno de los eventos obligatorios más miserables: la boda de un reciente exnovio.

Arthur Smith y yo nos conocimos en el club que los dos frecuentamos: Real Murders*. Me ayudó en la investigación del asesinato de una de las socias y el reguero de muertes que siguió. Salí con Arthur durante varios meses tras la conclusión de la investigación, y aquella había sido hasta el momento mi única experiencia en lo que se refiere a romances al rojo vivo. Cada vez que nos juntábamos, crepitábamos y trascendimos nuestra condición de bibliotecaria cercana a la treintena y policía divorciado.

Y entonces, tan pronto como se encendió, la llama se extinguió, pero antes por su lado que por el mío. El mensaje que recibí fue: «Seguiré con esta relación hasta que encuentre la forma de salirme sin montar una escena», y con un inmenso esfuerzo auné la dignidad que me quedaba y di carpetazo a la relación sin dar lugar a tan temida escena. Pero por el camino perdí toda mi energía emocional y fuerza de voluntad y, durante al menos seis meses, no dejé de llorarle a mi almohada.

Justo cuando me sentía mejor y llevaba una semana sin pasar por delante de la comisaría, vi el anuncio del compromiso en el *Sentinel*.

Me puse verde de celos, roja de rabia y azul de depresión. Decidí que nunca me casaría, que me limitaría a acudir a las bodas de las demás personas durante el resto de mi vida. Quizá encontrase una excusa para estar fuera de la ciudad el fin de semana de la ceremonia para evitar la tentación de atravesar la iglesia con el coche.

*Asesinatos de verdad *(N. del T.)*.

Entonces me llegó la invitación al buzón.

Lynn Liggett, novia de Arthur y detective como él, me había arrojado el guante. O al menos así fue como interpreté la invitación.

Ahora, ataviada de azul y dorado, con mi elegante peinado, lo acababa de comprender. Había comprado una bandeja cara e impersonal, al estilo de Lynn, en los grandes almacenes y le había pegado mi tarjeta. Ahora sí que iba a la boda.

El ujier era un oficial de policía que conocí cuando salía con Arthur.

—Me alegro de verte —dijo dubitativo—. Estás muy guapa, Roe. —Él parecía rígido e incómodo en su esmoquin, pero me ofreció su brazo según mandaban los cánones—. ¿Amiga de la novia o del novio? —preguntó automáticamente, pero entonces se puso rojo como un tomate.

—Digamos que amiga del novio —sugerí con cortesía, orgullosa de mi actitud. El pobre detective Henske me condujo por el pasillo hasta un asiento vacío y me dejó allí con evidente alivio.

Miré a mi alrededor lo menos posible, destinando todas mis energías a parecer relajada e indiferente, como si hubiese visto por casualidad la invitación en casa, estuviese casualmente vestida para la ocasión y hubiese decidido dejarme caer por allí. No me importó mirar a Arthur cuando hizo acto de presencia; todo el mundo lo estaba haciendo. Llevaba el pálido cabello rubio crespo, rizado y corto, los ojos azules tan directos y cautivadores como de costumbre. No resultó tan doloroso como había imaginado.

Cuando empezó la «Marcha nupcial», todo el mundo se levantó para recibir a la novia y yo apreté los dientes con expectación. Estaba bastante convencida de que mi rígida sonrisa tenía más de mueca que de gruñido. Reacia, me volví para contemplar la entrada de Lynn. Allí estaba ella, envuelta de blanco, el velo tapándole la cara, tan alta como Arthur y el corto pelo rizado para la ocasión. Lynn era casi treinta centímetros más alta que yo, cosa que en su momento le había molestado, pero tenía la sensación de que pronto dejaría de hacerlo.

Llegó el momento de que pasara ante mí. Cuando la vi de perfil, no pude evitar abrir la boca. Lynn estaba embarazadísima.

Mi fuerte impresión era fácil de entender; siempre tuve claro que no quería quedarme embarazada mientras salía con Arthur, y me habría horrorizado verme obligada a casarme en tal situación. Pero a menudo sí que había pensado en el matrimonio, incluso en tener hijos algún día. La mayoría de las mujeres de mi edad piensan en una cosa o en la otra, si no en las dos. De alguna manera, durante un breve instante, me sentí como si me hubieran robado algo.

Saliendo de la iglesia me aseguré de hablar con el mayor número de personas posible para que mi presencia llegara a oídos de la feliz pareja. Y me salté la recepción. No tenía ningún sentido someterme a ella. De hecho, pensaba que había sido una completa estupidez presentarme siquiera. Nada galante, nada valiente; simplemente estúpida.

El funeral vino en tercer lugar, a pocos días de la boda de mi madre, y fue bastante decente en cuanto a ese tipo de eventos se refiere. A pesar de ser primeros de junio, el día en que Jane Engle fue enterrada no fue insufriblemente cálido ni tampoco llovió. La pequeña iglesia episcopaliana albergaba a un razonable número de personas (yo no diría que dolientes, porque la muerte de Jane fue más bien un momento que marcar en el calendario antes que una ocasión trágica). Jane era mayor y resultó que también estaba muy enferma, aunque no se lo había dicho a nadie. Los ocupantes de los bancos de la iglesia habían acudido a ese mismo sitio con ella o la recordaban de los años que trabajó como bibliotecaria en el instituto, pero no tenía más familia que un primo igualmente mayor, Parnell Engle, que estaba demasiado enfermo ese día para acudir. Aubrey Scott, el sacerdote episcopaliano, a quien no había visto desde la boda de mi madre, fue muy elocuente acerca de la vida inofensiva de Jane, su encanto y su inteligencia. Claro que también había tenido su lado más agrio, pero el reverendo Scott había tildado sutilmente esa característica como «pintoresca». No era un adjetivo que yo hubiese empleado para la canosa de Jane, solterona como yo, me recordé tristemente, preguntándome cuánta gente acudiría a mi funeral. Recorrí con la mirada los rostros que ocupaban los bancos, todos ellos más o menos familiares. Aparte de mí, había otro miembro de Real Murders, un club disuelto en el que Jane y yo habíamos trabado amistad. Se trataba de LeMaster Cane, un hombre de negocios negro. Estaba sentado solo en un banco del fondo.

Decidí que me pondría a su lado en el cementerio para que no se sintiese tan solo. Cuando le murmuré que me alegraba de verlo, respondió:

—Jane era la única persona blanca que me miraba como si no tuviese claro de qué color era mi piel. —Lo cual bastó para cerrarme la boca.

Me di cuenta de que no conocía a Jane tan bien como pensaba. Por primera vez sentí que la echaría de menos realmente.

Pensé en su pequeña y ordenada casa, atestada con los muebles de su madre y sus propios libros. Recordé que le gustaban los gatos y me pregunté si alguien se había hecho cargo de Madeleine, su dorada atigrada. La había llamado así en honor a la prisionera escocesa del siglo xix Madeleine Smith, la asesina favorita de Jane. Puede que Jane fuera más «pintoresca» de lo que pensé en un principio. No conocía a muchas ancianitas que tuvieran un asesino favorito. A lo mejor yo también era «pintoresca».

Avancé lentamente hacia mi coche, dejando a Jane Engle para siempre en el cementerio de Shady Rest. Creí oír que alguien pronunciaba mi nombre a mi espalda.

—¡Señorita Teagarden! —jadeó un hombre que corría para alcanzarme. Lo esperé preguntándome qué demonios querría de mí. Su rostro redondo y enrojecido, coronado por un cabello marrón cada vez más escaso, me resultaba familiar, pero fui incapaz de recordar su nombre—. Bubba Sewell —se presentó, dándome un apresurado apretón de manos. Tenía el acento sureño más marcado que había escuchado nunca—. Era el abogado de la señora Engle. Usted es Aurora Teagarden, ¿verdad?

—Sí, disculpe —dije—. Es que me ha cogido por sorpresa. —Recordé que había visto a Bubba Sewell en el hospital durante la enfermedad de Jane.

—Pues menos mal que ha venido hoy —respondió Bubba Sewell. Había recuperado el aliento y lo vi tal como pretendía presentarse a los demás: como un hombre capaz de comprarse un traje caro, sofisticado pero accesible. Un chico bueno de universidad. Sus pequeños ojos marrones me miraban con agudeza y curiosidad—. La señora Engle incluyó una cláusula en su testamento que le concierne —explicó elocuentemente.

—¿Oh? —Sentí que mis tacones se hundían en el terreno suave y me pregunté si no debería quitarme los zapatos y quedármelos en la mano. Hacía el calor suficiente para humedecerme la cara; por supuesto, las gafas empezaron a deslizarse por mi nariz. Las devolví a su sitio con un empujón de mi dedo índice.

—¿Cree que podría acompañarme a mi despacho para hablar del asunto?

Miré automáticamente el reloj.

—Sí, tengo tiempo —dije juiciosamente al cabo de una pausa. Era un farol para que el señor Sewell no pensase que era una mujer sin nada que hacer.

Lo cierto es que poco me faltaba para serlo. Un recorte del presupuesto había significado que, para que la biblioteca permaneciese abierta el mismo número de horas, parte de la plantilla tenía que pasar a tiempo parcial. Quería pensar que la primera en sentir el hacha había sido yo por haber sido la última en ser contratada. Ahora solo trabajaba entre dieciocho y veinte horas semanales. Menos mal que no tenía que pagar un alquiler y que tenía un pequeño sueldo como administradora de uno de los inmuebles de mi madre (de hecho, una fila de adosados), porque, de lo contrario, mi situación habría sido muy desesperada.

El señor Sewell me dio unas indicaciones tan precisas para llegar a su despacho que no me habría perdido aun intentándolo. Es más, insistió en que lo siguiera hasta allí. Durante todo el trayecto, puso los intermitentes con tanta antelación que casi giré donde no debía. Además, no paró de hacer indicaciones a través de su espejo retrovisor a la espera de que acusase recibo con algún gesto mío. Dado que siempre había vivido en Lawrenceton, resultó algo innecesario e intensamente irritante. Lo único que me impedía embestir la parte trasera de su coche y luego pedirle disculpas con mucho drama y pañuelos era la curiosidad por lo que iba a contarme.

—No ha costado mucho llegar, ¿eh? —dijo animoso mientras me apeaba del coche en el aparcamiento del edificio Jasper, uno de los bloques de oficinas más antiguos de la ciudad y punto de referencia de mi infancia.

—No —respondí escuetamente, desconfiando de lo que pudiera salir de mi boca.

—Estoy en la segunda planta —anunció el abogado Sewell, supongo que por temor a que me perdiera entre el aparcamiento y la puerta principal. Me mordí el labio y me subí al ascensor en silencio mientras Sewell mantenía una conversación de trámite sobre la asistencia al funeral, cómo afectaría la pérdida de Jane a todo el mundo, el tiempo y por qué le gustaba tener el despacho en el edificio Jasper (la atmósfera… Mucho mejor que en los edificios prefabricados).

Cuando abrió la puerta de su despacho yo me estaba preguntando cómo la mordaz de Jane había soportado a Bubba Sewell. Cuando vi que tenía tres empleados en su diminuto despacho, me di cuenta de que debía de ser más inteligente de lo que aparentaba, además de los inequívocos signos de prosperidad, como adornos del catálogo Sharper Image, cuadros importantes en las paredes, tapicería de cuero en las sillas, etcétera. Observé el despacho de Sewell mientras daba unas instrucciones rápidas a la elegante secretaria pelirroja que se encontraba en la primera línea de defensa. No parecía tonta y lo trató con una especie de respeto amistoso.

—Bueno, bueno, veamos lo suyo, señorita Teagarden —dijo alegremente el abogado cuando nos quedamos a solas—. ¿Dónde está esa carpeta? ¡Santo cielo, tiene que estar en alguna parte de este caos!

Buscó agitadamente entre los papeles que se amontonaban en su escritorio. Por el momento no me había dejado engañar. Por alguna razón, Bubba Sewell encontraba esa imitación de la torpeza de lord Peter Wimsey útil, pero de tonto no tenía un pelo.

—¡Aquí está! ¡La tuve delante de las narices todo el tiempo! —Agitó la carpeta como si su existencia se hubiese puesto en duda.

Plegué las manos en mi regazo y procuré que el suspiro no fuese demasiado obvio. Tenía todo el tiempo del mundo, pero eso no quería decir que quisiera perderlo como la solitaria audiencia de un monólogo teatral.

—Qué bien, me alegro de que la haya encontrado —dije.

La mano de Bubba Sewell se quedó quieta mientras me lanzaba una aguda mirada desde debajo de sus pobladas cejas.

—Señorita Teagarden —anunció, prescindiendo por completo de su aspecto de buen universitario—, la señora Engle le ha legado todo lo que tenía.

Esas son, sin duda, unas de las palabras más estremecedoras del idioma, pero no tenía intención de dejar caer la mandíbula. Mis manos, que habían estado enroscadas en mi regazo, se aferraron mutua y convulsivamente durante un instante, mientras me permitía recuperar el aliento larga y silenciosamente.

—¿A qué se refiere con «todo»? —pregunté.

Bubba Sewell me dijo que todo lo que había en la casa de Jane, su contenido y la mayor parte de lo que había en su cuenta bancaria. Había legado su coche y cinco mil dólares a su primo Parnell y su esposa Leah, a condición de que se quedasen con su gata Madeleine. Me sentí aliviada. Nunca había tenido una mascota y no habría sabido muy bien qué hacer con el animal.

No tenía la menor idea de lo que debía hacer o decir. Estaba tan estupefacta que no alcanzaba a pensar qué sería lo más apropiado. Había pasado mi particular luto cuando supe que Jane había muerto, así como un momento antes en la lápida, pero sabía que dentro de poco me sentiría jubilosa, ya que últimamente había tenido problemas económicos. Sin embargo, en ese momento no era capaz de salir de mi asombro.

—¿Por qué haría algo así? —le pregunté a Bubba Sewell—. ¿Lo sabe usted?

—Cuando vino a hacer el testamento el año pasado, cuando hubo todos esos problemas en el club al que ambas pertenecían, dijo que era la mejor forma que se le ocurría de que al menos alguien no se olvidase nunca de ella. No quería que le pusieran su nombre a un edificio. No era ninguna… —el abogado buscó la palabra adecuada— filántropa. No era una persona pública. Quería legar su dinero a una persona, no a una causa, y no creo que se llevara del todo bien con Parnell y Leah... ¿Los conoce?

Lo cierto es que soy una rareza en el sur; una «visitaiglesias». Había conocido al primo de Jane y a su esposa en una de las iglesias a las que solía acudir, no recordaba cuál, aunque creo que era una de las instituciones más fundamentalistas de Lawrenceton. Cuando se presentaron, les pregunté si estaban relacionados con Jane y Parnell admitió que era el primo, aunque con la boca pequeña. Leah se había limitado a mirarme y articular tres palabras durante toda la conversación.

—Coincidí con ellos —le dije a Sewell.

—Son mayores y no han tenido hijos —explicó el abogado—. Jane pensaba que no la sobrevivirían mucho tiempo y que probablemente dejarían su dinero a su iglesia, cosa que ella no quería. Así que, después de mucho pensárselo, se decidió por usted.

Yo también me permití darle varias vueltas durante un instante. Levanté la vista y me encontré al abogado lanzándome una mirada especulativa con retazos de desaprobación personal. Me imaginé que pensaba que Jane debió dejar su dinero a alguna institución de investigación del cáncer, a la protectora de animales o a algún orfanato.

—¿Cuánto hay en la cuenta? —pregunté bruscamente.

—Oh, en la cuenta de cheques alrededor de tres mil —dijo—. Tengo los últimos extractos en la carpeta. Por supuesto, aún tienen que pasar algunas facturas de la reciente estancia de Jane en el hospital, pero el seguro se encargará de la mayor parte.

¡Tres mil! No estaba nada mal. Terminaría de pagar mi coche, lo que ayudaría con creces a mi presupuesto mensual.

—Ha dicho «cuenta de cheques» —dije tras pensarlo—. ¿Es que hay otra cuenta?

—Y tanto —contestó Sewell, recuperando su tono más cordial e inofensivo—. ¡Sí, señorita! La señora Jane tenía una cuenta de ahorros que apenas tocó. Intenté animarla un par de veces a que invirtiese, o que al menos comprase un certificado de depósito o un bono, pero se negó. Le gustaba tener su dinero en el banco. —Sewell agitó su incipiente calvicie un par de veces y se reclinó en el sillón.

Durante un fugaz segundo deseé que se volcara con él encima.

—¿Podría saber cuánto hay en esa cuenta? —pregunté entre unos dientes que no tenía del todo apretados.

Bubba Sewell se encendió. Al fin había hecho la pregunta correcta. Se catapultó hacia delante en su sillón provocando un sonoro crujido, tomó la carpeta y sacó otro extracto bancario.

—Bueeeeno —dijo arrastrando las sílabas, resoplando en la abertura del sobre y sacando el papel que había en su interior—. El mes pasado, esa cuenta tenía…, veamos… Sí, unos quinientos cincuenta mil dólares.

Quizá, después de todo, no sería el peor año de mi vida.

Capítulo 2

Salí flotando del despacho de Bubba Sewell intentando disimular la felicidad que me inundaba. Me acompañó hasta el ascensor, observándome como si no fuese capaz de entender lo que ocurría dentro de mí. Bueno, era mutuo, pero en ese momento no me importaba lo más mínimo, no señor.

—Ella lo heredó de su madre —explicó Sewell—. La mayor parte. Cuando su madre murió, la señora Engle vendió la casa, que era muy amplia y cara, y repartió el dinero con su hermano. Entonces murió él y le dejó dicha parte casi intacta, además de su patrimonio, que ella transformó en dinero. Él era un banquero de Atlanta.

Tenía dinero. Tenía mucho dinero.

—Nos veremos en la casa de Jane mañana y echaremos un vistazo al contenido. Puede que le lleve algunos documentos para que los firme. ¿Le parece bien a las nueve y media?

Asentí con los labios apretados para no dejar escapar una sonrisa.

—¿Sabe dónde está la casa?

—Sí. —Respiré aliviada por la llegada del ascensor cuando se abrieron las puertas.

—Bien, nos vemos mañana por la mañana, señorita Teagarden —dijo el abogado recolocándose las gafas sobre la nariz y volviéndose mientras se cerraban las puertas del ascensor conmigo dentro.

Pensé que, si gritaba, el eco reverberaría excesivamente en el ascensor, pero me permití una risa de baja intensidad.

—Ji, ji, ji, jiii. —Duró toda la bajada, hasta que las puertas se volvieron a abrir y salí a un vestíbulo de mármol.

Conseguí llegar a mi casa, en Parson Road, sin chocar con nadie. Aparqué en mi plaza buscando ideas para celebrarlo. El joven matrimonio que había alquilado la casa de Robin, a la izquierda de la mía, saludó con las manos titubeando a mi sonriente aspaviento. La plaza de aparcamiento de los Crandall, a la derecha, estaba vacía; estaban visitando a uno de sus hijos casados en otra ciudad. La mujer que finalmente alquiló la casa de Bankston Waites estaba trabajando, como siempre. Había un coche desconocido aparcado en la segunda plaza de mi adosado, pero como no vi a nadie di por sentado que se trataba de una visita de alguno de los inquilinos que no sabía descifrar.

Abrí la verja de mi patio canturreando y dando saltitos de alegría (no se me da muy bien bailar) y sorprendí a un extraño vestido de negro, pegando una nota en mi puerta trasera.

Fue como un concurso para ver cuál de los dos se sobresaltaba más.

Tuve que observarlo durante unos segundos para averiguar quién era. Al fin lo reconocí como el sacerdote episcopaliano que había oficiado el matrimonio de mi madre y el funeral de Jane Engle. Hablé con él en la recepción de la boda, pero no durante el funeral de esa misma mañana. Medía algo más de metro ochenta y tres, probablemente estaba al borde de la cuarentena. Su pelo canoso empezaba a hacer juego con sus ojos grises y lucía un impecable bigote y un alzacuello.

—Señorita Teagarden, le estaba dejando una nota —dijo, recuperándose dignamente de la sorpresa de verme cantar y brincar en la entrada.

—Padre Scott —contesté con firmeza tras dar con su nombre en algún rincón de mi mente en el último momento—, me alegro de verle.

—Hoy parece estar muy contenta —observó, mostrando una excelente dentadura a través de una sonrisa prudente. Quizá pensaba que estaba borracha.

—Bueno, como ya sabe, estuve en el funeral de Jane —empecé a decir, pero al ver que arqueaba ostensiblemente las cejas me di cuenta de que había empezado el relato por donde no debía—. Pase, por favor, y le explicaré por qué estoy tan contenta cuando podría parecer tan… inapropiado.

—Bueno, si tiene un momento, pasaré. Espero no haberla cogido en un momento inoportuno. Y, por favor, llámeme Aubrey.

—No, no es mal momento. Y llámeme Aurora. O Roe, la mayoría me llama Roe. —La verdad es que me apetecía tener un momento a solas para acostumbrarme a la idea de ser rica, pero compartir la noticia con alguien también sería divertido. Intenté recordar si la casa estaba muy desordenada—. Por favor, pase, prepararé un poco de café. —Y se me escapó una carcajada.

Estaba segura de que pensaba que había perdido la cabeza, pero ya no podía echarse atrás.

—No he tenido ocasión de hablar con usted desde que se casó mi madre —balbuceé mientras introducía la llave en la cerradura y abría la puerta que daba a la cocina y la zona de estar. Bien, estaba bastante ordenado.

—John es un hombre maravilloso y un fiel miembro de nuestra congregación —dijo, obligándose a bajar la mirada ahora que estaba más cerca de mí. ¿Cómo es que nunca conocía a hombres bajitos? Estaba condenada a ir por la vida con un calambre en el cuello—. ¿John y su madre siguen de luna de miel?

—Sí. Se lo están pasando tan bien que no me sorprendería que la prolongasen. Mi madre no se coge unas vacaciones desde hace seis años. Ya sabe que es propietaria de una inmobiliaria.

—Eso me contó John —dijo Aubrey Scott educadamente. Aún estaba de pie junto a la puerta.

—¡Oh, he olvidado mis modales! ¡Por favor, pase y siéntese! —Arrojé el bolso sobre la encimera e indiqué el sofá de dos plazas de ante marrón de la «sala de estar», que estaba al otro lado de la cocina.

Estaba claro que el sillón era mi rincón especial, a tenor de la lámpara de detrás para leer y el libro depositado sobre la pequeña mesa delante, junto a una taza sucia de café y unas cuantas revistas. Aubrey Scott escogió sabiamente uno de los extremos del sofá de dos plazas.

—Escuche —dije, sentándome frente a él en el sillón—. Tengo que decirle por qué estoy tan contenta hoy. Normalmente este no es mi carácter. —Lo cual era cierto, por desgracia—. Jane Engle me ha dejado mucho dinero y, aunque pueda sonar avaricioso, he de admitir que estoy como unas castañuelas.

—No la culpo —respondió el sacerdote sinceramente. Me he dado cuenta de que, si hay una cosa que se les da bien a los sacerdotes, esa es proyectar su sinceridad—. Si alguien me hubiese dejado tanto dinero, también estaría saltando de alegría. No tenía idea de que Jane fuese… Que tuviese tanto que dejar a nadie.

—Ni yo tampoco. Siempre fue muy frugal. ¿Algo de beber? ¿Café? ¿O quizá algo más fuerte?

Supuse que la pregunta no era inapropiada, ya que se trataba de un sacerdote episcopaliano. Si hubiese sido, digamos, el pastor de Parnell y Leah Engle, me habría ganado un buen sermón.

—Si por algo más fuerte se refiere a alcohol, creo que aceptaré la oferta. Son pasadas las cinco y los funerales siempre me dejan agotado. ¿Qué tiene? ¿Ginebra, quizá?

—La verdad es que sí. ¿Qué le parece un *Seven and Seven*?

—Estupendo.

Mientras mezclaba un poco de Seagram's 7 con un 7Up, disponía unas servilletas y unos frutos secos, caí en la cuenta de lo extraño de la visita de un sacerdote episcopaliano. Tampoco podía preguntarle directamente «¿Qué estás haciendo aquí?», pero no por ello sentía menos curiosidad. Bueno, ya sacaría él el tema. La mayoría de los sacerdotes de Lawrenceton han tenido que devolverme al buen camino alguna vez que otra. Soy una feligresa bastante regular, pero rara vez voy dos veces seguidas a la misma iglesia.

No habría estado mal poder subir para quitarme la ropa del funeral y ponerme algo menos formal, pero supuse que saldría corriendo por la puerta trasera si le decía que me iba a poner algo más cómodo.

Sí que me quité los zapatos de tacón, manchados del barro del cementerio, al sentarme.

—Bueno, hábleme de su herencia —sugirió él tras una incómoda pausa.

No pude volver a mi excitación inicial, pero sí noté una creciente sonrisa en mis labios al hablarle de mi amistad con Jane Engle y el abordaje de Bubba Sewell tras el servicio funerario.

—Es asombroso —murmuró—. Ha sido bendecida.

—Eso creo —convine de todo corazón.

—¿Y me dice que no era especialmente amiga de Jane?

—No. Éramos amigas, pero a veces pasaba un mes sin que nos viéramos. Tampoco lo teníamos muy en cuenta.

—Supongo que no habrá tenido tiempo para pensar qué hacer con un legado tan inesperado.

—No. —Y si me proponía alguna buena causa, me fastidiaría. Me apetecía medrar en el orgullo de ser propietaria de una pequeña casa y una gran (al menos para mí) fortuna, al menos durante un tiempo.

—Me alegro por usted —dijo, y se produjo otra incómoda pausa.

—¿Me estaba dejando una nota por algo en lo que pudiera ayudarle…? —dejé morir la frase. Intenté mantener aspecto de inteligente expectativa.

—Bueno —contestó con azorada risa—, en realidad yo… Es una tontería, estoy actuando como si hubiese vuelto al instituto. En realidad…, solo quería pedirle una cita. Salir.

—Una cita —repetí estupefacta.

Enseguida noté que mi sorpresa no le estaba sentando demasiado bien.

—No es que me parezca extraño —dije apresuradamente—. Es que simplemente no me lo esperaba.

—Porque soy sacerdote*.

*En la versión inglesa se usa la palabra *Minister* para designar a los sacerdotes o pastores protestantes, que pueden tener relaciones con mujeres y casarse.

—Bueno…, sí.

Lanzó un suspiro y abrió la boca con expresión resignada.

—¡No, no! —maticé, alzando las manos—. ¡No me lance un discurso de «Solo soy humano», si es que iba a hacerlo! ¡He sido torpe y descortés, lo admito! ¡Claro que podemos salir!

Sentía que se lo debía de alguna manera.

—¿No está envuelta en ninguna relación en este momento? —me interrogó con prudencia.

Me pregunté si de verdad tenía que llevar el alzacuello durante las citas.

—No, no desde hace un tiempo. De hecho, hace unos meses acudí a la boda de mi último novio.

De repente, Audrey Scott sonrió y sus ojos grises se arrugaron en las comisuras. Estaba monísimo.

—¿Qué le apetecería hacer? ¿Ir al cine?

No había salido con nadie desde que Arthur y yo habíamos roto. Cualquier cosa me sonaba apetecible.

—Está bien —dije—. Pero tutéame.

—Está bien. Quizá podríamos ir a una sesión temprana y cenar luego.

—Me parece bien. ¿Cuándo?

—¿Mañana por la noche?

—Vale. La primera sesión suele empezar a las cinco, si vamos a una triple. ¿Algo especial que te apetezca ver?

—Podemos decidirlo allí mismo.

Era muy posible que hubiera en la cartelera tres películas que no me apeteciese ver, pero también existía la probabilidad de que alguna de ellas me pareciese tolerable.

—Vale —repetí—, pero si me invitas a cenar, yo quiero invitarte a la película.

Parecía dubitativo.

—Soy un tipo más bien tradicional —admitió—. Pero si quieres que lo hagamos así, será una nueva experiencia para mí. —Parecía bastante osado con la idea.

Cuando se marchó, apuré lentamente mi bebida. Me pregunté si las reglas para salir con miembros del clero se diferenciaban con las de salir con chicos normales. Me dije a mí misma, con vehemencia, que los clérigos eran chicos normales, hombres como otros que se relacionaban profesionalmente con Dios. Sabía que estaba siendo ingenua al pensar que tenía que actuar diferente con Audrey Scott en comparación con cualquier otra cita. Si era tan maliciosa o iba tan desencaminada como para pensar que tenía que censurar constantemente mi conversación con un sacerdote, entonces era que necesitaba experimentarlo sin lugar a dudas. Quizá sería como salir con un psiquiatra; siempre está el miedo de que descubra algo de tu personalidad de lo que ni tú misma eres consciente. Bueno, esa cita sería una «experiencia aleccionadora» para mí.

¡Vaya día! Sacudí la cabeza y subí pesadamente las escaleras a mi habitación. De ser una bibliotecaria pobre, preocupada y humillada, había pasado a ser una heredera rica, segura y deseable.

El impulso de compartir mi nuevo estatus era prácticamente irresistible. Pero Amina había vuelto a Houston y ya estaba bastante preocupada con su inminente boda; mi madre estaba de luna de miel (cómo disfrutaría contándoselo); mi compañera, Lillian Schmidt, hallaría alguna manera para hacerme sentir culpable y mi especie de amiga Sally Allison querría contar la historia en su periódico. Desearía poder decírselo a Robin Crusoe, mi amigo y escritor de novelas de misterio, pero se encontraba en Atlanta tras decidir que compaginar su domicilio en Lawrenceton y su puesto docente allí era demasiado; o al menos esa era la razón que me había dado. A menos que pudiera decírselo cara a cara, no disfrutaría plenamente del anuncio. Su cara era una de mis favoritas.

Puede que algunas celebraciones simplemente deban quedar en la esfera de lo privado. Un grito de alegría tampoco hubiese sido muy apropiado, ya que Jane había tenido que morir para dar lugar a tanta felicidad. Me quité el vestido negro y me puse un albornoz. Bajé a ver una película antigua y comerme media bolsa de galletas saladas, seguida de medio litro de helado de chocolate con caramelo.

Las herederas pueden hacer lo que quieran.

La mañana siguiente amaneció con lluvia, un corto chaparrón de verano que prometía una tarde bochornosa.

Los truenos eran secos e impresionaban y no pude evitar dar un respingo con cada uno mientras bebía mi café. Tras recoger el periódico (solo se había mojado un poco) de las, por lo demás, infrautilizadas escaleras delanteras que daban a Parson Road, comenzó a escampar. Cuando terminé de ducharme, vestirme y prepararme para mi cita con Bubba Sewell, el sol ya había salido y la humedad empezaba a evaporarse de los charcos formados en el aparcamiento, más allá del patio. Puse la CNN un rato —las herederas tienen que estar bien informadas—, tonteé con el maquillaje, me comí un plátano y limpié la pila de la cocina. Había llegado la hora de irme.

No sabía exactamente por qué estaba tan emocionada. El dinero no iba a aparecer apilado en medio del piso. Debería esperar unos dos meses para poder disponer de él efectivamente, según palabras de Sewell. Ya había estado antes en la pequeña casa de Jane, y la verdad es que no tenía nada de especial.

Bueno, ahora era de mi propiedad. Jamás había sido propietaria de algo tan grande.

También me había emancipado de mi madre. Podría haberlo hecho con mi salario de bibliotecaria, aunque habría sido más difícil, pero el trabajo de administradora, que suponía un lugar gratis donde vivir y un salario extra, había supuesto una notable diferencia.

Me había despertado varias veces durante la noche con la idea de irme a vivir a la casa de Jane. Mi casa.

O, tras arreglar todos los papeles, venderla y comprar otra en otra parte.

Esa mañana, mientras arrancaba el coche para salir por Honor Street, el mundo se me presentaba tan lleno de posibilidades que resultaba aterrador, desde el punto de vista feliz, por supuesto.

La casa de Jane se encontraba en uno de los barrios residenciales más antiguos de la ciudad. Las calles tenían nombres de virtudes. Se llegaba a Honor por Faith[*]. Honor no tenía salida, y la casa de Jane era la segunda a la derecha desde la esquina. Las casas de ese barrio solían ser pequeñas (dos o tres dormitorios), con jardines traseros meticulosamente cuidados y dominados por grandes árboles rodeados de parterres. El jardín delantero de Jane contaba con un roble vivo en la parte derecha que proyectaba su sombra sobre la ventana saliente del salón. El camino privado discurría por la izquierda, donde había una profunda cochera de una sola plaza adosada a la casa. Una puerta al fondo de la cochera me indicó que al otro lado debía de haber un almacén o algo parecido. La puerta de la cocina daba a la cochera. También podías (como había hecho yo como visitante) aparcar el coche en el camino y caminar por la acera curva que conducía hasta la entrada principal. La casa era blanca, como todas las de esa calle, y estaba adornada por matas de azaleas plantadas por todo el perímetro. Seguro que era maravilloso en primavera.

*«Fe», en inglés (N. del T.).

Las caléndulas que Jane había plantado alrededor de su buzón habían muerto por falta de riego, según pude comprobar al salir del coche. De alguna manera, ese detalle me devolvió completamente a la sobriedad. Las manos que habían plantado esas resecas flores amarillas se encontraban ahora a dos metros bajo tierra y permanecerían quietas para siempre.

Llegué un poco temprano, así que me tomé un instante para contemplar mi nuevo barrio. La casa de la esquina, a la derecha de la de Jane según miraba yo, tenía unos preciosos rosales en el porche delantero. La de la izquierda había sufrido muchas reformas, de modo que las sencillas líneas originales habían sido oscurecidas. Le habían añadido ladrillo, habían conectado al resto de la casa una cochera con un apartamento en la parte superior mediante un pasillo cubierto, y habían instalado una terraza cubierta en la parte de atrás. El resultado no era muy alentador. La última casa de la calle estaba junto a esa, y recordé que el editor del periódico, Macon Turner, que en su día salió con mi madre, vivía allí. La casa de enfrente a la de Jane, un edificio bonito con contraventanas amarillo canario, lucía un gran cartel de inmobiliaria con la palabra «VENDIDO» cruzada. La casa de la esquina de ese lado de la calle era en la que Melanie Clark, otra de las socias del desaparecido club Real Murders, estuvo alquilada una temporada. Ahora, una gran rueda tirada en el camino indicaba la presencia de niños en las inmediaciones. Una casa ocupaba las últimas dos parcelas de ese lado, un lugar bastante dilapidado con un solitario árbol plantado en un amplio jardín. Parecía inerte, las persianas amarillas bajadas. Le habían adosado una rampa para sillas de ruedas.

A esas horas de esa mañana de verano reinaba una pacífica tranquilidad. Pero detrás de las casas del lado de la de Jane había un gran aparcamiento para el instituto, con una alta verja que impedía que nadie arrojara basura al jardín de Jane o lo usara como atajo. Estaba convencida de que habría mucho más ruido durante los meses lectivos, a pesar de que en ese momento el aparcamiento se encontrase desierto. Poco más tarde, una mujer en la casa que hacía esquina en la calle de enfrente puso en marcha el cortacésped y ese maravilloso sonido veraniego me hizo sentir más relajada.

«Lo tenías todo planeado, Jane», pensé. «Querías que me viniese a tu casa. Me conocías y me escogiste por ello».

El BMW de Bubba Sewell apareció por el camino. Respiré hondo y avancé hacia él.

Me entregó las llaves. Mi mano se cerró con fuerza sobre ellas. Era como una investidura formal.

—Puede empezar a trabajar en la casa cuando quiera, para despejarla, prepararla para venderla o lo que le plazca; le pertenece y nadie podrá decir lo contrario. He avisado para que cualquiera con una reclamación sobre la propiedad lo anuncie, pero hasta el momento nadie ha dado el paso. Pero, por supuesto, no podemos gastar el dinero —me exhortó agitando un dedo—. Las facturas de la casa aún me están llegando a mí en calidad de albacea, y así seguirá siendo hasta que todo quede legalizado.

Era como tener seis años y estar a una semana de tu cumpleaños.

—Esta —dijo, señalando una de las llaves— abre el cerrojo de la puerta principal. Esta otra abre la cerradura. Esta, más pequeña, es de la caja de seguridad que Jane tenía en el Eastern National, donde tiene algunas joyas y algunos documentos, no mucho, la verdad.

Abrí la puerta y pasamos dentro.

—Mierda —dijo Bubba Sewell de manera muy poco ortodoxa para un abogado.

Había cojines esparcidos por todo el salón. Al fondo se veía la cocina, donde reinaba un desorden similar.

Alguien había entrado por la fuerza.

Una de las ventanas traseras, la del dormitorio de invitados, había sido forzada. Hasta entonces, había sido una prístina habitación de dos camas gemelas cubiertas con adornos de felpilla blanca. El papel de la pared presentaba motivos florales, pero no era chillón, y los cristales no serían difíciles de barrer sobre el suelo de madera. Las primeras cosas que encontré en mi nueva casa fueron la escoba y el recogedor, situados en el armario escobero de la cocina.

—No creo que se hayan llevado nada —dijo Sewell con una buena dosis de sorpresa—, pero llamaré a la policía de todos modos. Hay gente que lee las esquelas para allanar las casas vacías.

Me quedé parada con el recogedor lleno de cristales rotos.

—Entonces ¿por qué no se han llevado nada? —pregunté—. El televisor sigue en el salón. La radio despertador aún está en su sitio y el microondas en la cocina.

—Quizá haya sido afortunada —respondió Sewell, mirándome con aire pensativo. Se limpió las gafas con un pañuelo blanco—. O a lo mejor los asaltantes eran tan jóvenes que les bastaba con colarse. Quizá se asustaron a media travesura. Quién sabe.

—Dígame una cosa. —Me senté en una de las camas y él hizo lo mismo en la otra. La tormenta de la mañana (las cortinas estaban empapadas) había eliminado todo lo que hacía de esa estancia algo acogedor. Apoyé la escoba en mi rodilla y dejé el recogedor en el suelo—. ¿Qué pasó con esta casa tras la muerte de Jane? ¿Quién pudo entrar? ¿Quién tiene las llaves?

—Jane murió en el hospital, por supuesto —comenzó Sewell—. La primera vez que ingresó, aún estaba convencida de que podría volver, así que me dijo que contratara a una asistenta para que viniera a limpiar…, sacar la basura, tirar los alimentos perecederos y esas cosas. El vecino de al lado, Torrance Rideout, ¿lo conoce?, se ofreció para cuidar de su jardín, así que le facilité una llave para el almacén y el cuarto de herramientas, al que se accede por la puerta del fondo de la cochera.

Asentí.

—Pero esa era la única llave que tenía —matizó el abogado, volviendo al tema—. Entonces, unos días más tarde, cuando Jane supo que no volvería a su casa...

—La visité en el hospital y nunca me dijo una sola palabra —murmuré.

—No le gustaba hablar de ello. «¿Qué hay que decir?», me preguntaba. Creo que tenía razón. Pero en fin... Mantuve la luz y el gas (la calefacción va a gas, todo lo demás es eléctrico), pero vine a desenchufarlo todo, excepto el congelador, que está en el cuarto de las herramientas, lleno de comida. Anulé la suscripción a los periódicos e hice que conservaran su correspondencia en la oficina de correos para recogérsela y llevársela personalmente; no era ninguna inconveniencia, ya que también tengo que recoger el mío...

Sewell se había encargado de todo. ¿Era eso el cuidado de un abogado por un buen cliente o la devoción de un amigo?

—Bueno —continuó de repente—, los pequeños gastos pendientes de la casa saldrán de la herencia, confío en que no le importe a pesar de que los hemos reducido al mínimo. ¿Sabe?, cuando se apaga completamente el aire o la calefacción, la casa se desangela enseguida, y siempre estuvo la remota probabilidad de que Jane volviera.

—No, claro que no me importa pagar la factura de la luz. ¿Tienen Parnell y Leah una llave?

—No, Jane fue muy explícita al respecto. Parnell vino a ofrecerse a llevarse las cosas de Jane, pero me negué, por supuesto.

—¿Y eso?

—Son suyas ahora —dijo llanamente—. Todo es suyo —reforzó con cierto énfasis, ¿o eran imaginaciones mías?—. Todo lo que hay en esta casa le pertenece. Parnell y Leah están al corriente de sus cinco mil, y la propia Jane les dio las llaves de su coche dos días antes de su muerte para que se lo llevasen del garaje, pero, aparte de eso, todo lo que quede en la casa —de repente me puse alerta, casi asustada— es suyo para hacer con ello lo que crea más oportuno.

Entrecerré los ojos, concentrada. ¿Qué me estaba diciendo sin decirlo realmente?

En alguna parte, en algún rincón de esa casa acechaba un problema. Por alguna razón, el legado de Jane no era del todo bienintencionado.

Tras informar a la policía del allanamiento y llamar a los cristaleros para que arreglasen la ventana, Bubba Sewell se fue.

—Ni siquiera creo que se presente la policía, ya que no falta nada. Pero haré una parada en la comisaría de regreso a mi despacho —dijo mientras se encaminaba hacia la puerta.

Eso me alivió considerablemente. Había conocido a la mayoría de los agentes locales mientras salía con Arthur; son todos muy corporativistas.

—No hay necesidad de encender el aire acondicionado hasta que arreglen esa ventana —añadió—, pero el termostato está en el pasillo, para cuando lo necesite.

Estaba siendo excesivamente cauteloso con mi dinero. Ahora que era rica, podía permitirme abrir las ventanas y las puertas de par en par y poner el termostato a cuarenta si me daba la gana hacer algo tan insensato y derrochador.

—Si tiene algún problema, cualquier cosa que no pueda solucionar, no dude en llamarme —insistió Sewell. Ya había expresado esa disposición varias veces, de varias formas distintas, pero solo una dijo—: La señora Jane tenía una alta opinión de usted. Estaba convencida de que podría lidiar con cualquier problema que se le presentase y dar con la solución.

Pillé la idea. Por el momento no salía de mi aprensión; deseaba de todo corazón que el señor Sewell se marchase. Por fin salió por la puerta principal y yo me arrodillé en el asiento empotrado en la ventana saliente y abrí ligeramente la persiana para observar cómo se alejaba con su coche. Una vez segura de que estaba lejos, abrí todas las persianas y me volví para observar mi nuevo territorio. El salón estaba enmoquetado (era la única estancia que lo estaba), y cuando Jane encargó que lo hicieran, extendió la moqueta para cubrir el asiento de la ventana saliente. Había algunos cojines bordados a mano dispuestos encima, y el efecto era bastante bonito. La moqueta que tanto le había gustado a Jane era de un rosa apagado con un leve entramado azul, y el mobiliario del salón (un sofá y dos sillones) iba a juego con ese tono azulado, mientras que las lámparas derivaban más hacia el blanco o el rosa. Había un pequeño televisor en color colocado para ser visto cómodamente desde el sillón favorito de Jane. La antigua mesa junto al sillón aún estaba atestada de revistas, un extraño y variado surtido que Jane coleccionaba: *Southern Living Mystery Scene, Lear's* y una publicación de la iglesia.

Las paredes de esa pequeña estancia estaban vestidas con estanterías separadas rebosantes de libros. Se me hizo la boca agua al repasarlos. Había una cosa que sabía que compartía con Jane: nos encantaban los libros, sobre todo los de misterio, especialmente aquellos que trataban de auténticos asesinatos. Siempre había envidiado la colección de Jane.

En la parte trasera del salón había una zona de comedor, con una bonita mesa y unas sillas que estaba segura de que Jane había heredado de su madre. No sabía nada sobre antigüedades y tampoco era algo que me importase demasiado, pero las piezas de mobiliario brillaban bajo la fina capa de polvo y, cuando enderecé los cojines contra la pared (¿por qué iba nadie a mover un sofá al irrumpir en una casa?), ya me preocupaba el cuidado del conjunto.

Al menos no habían tirado al suelo todos los libros. Ordenar la estancia en realidad apenas me llevó unos minutos.

Fui a la cocina. Estaba evitando el dormitorio de Jane. Podía esperar.

La cocina tenía un amplio ventanal doble que daba al jardín trasero, así como una diminuta mesa con dos sillas justo debajo. Allí era donde Jane y yo nos tomábamos el café cuando iba a visitarla y no nos quedábamos en el salón.

El desorden de la cocina era igual de desconcertante. Los poco profundos armarios superiores estaban bien, no los habían tocado, pero los más hondos de abajo habían sido vaciados sin cuidado alguno. No habían vertido ningún contenido al suelo ni provocado destrozos gratuitos, pero habían apartado afanosamente los contenidos como si los propios armarios fuesen el objeto del registro; un botín imposible de llevarse encima. Y el armario escobero, alto y estrecho, había recibido una atención especial. Encendí la luz y observé el fondo del armario escobero. Estaba dañado con…

—Marcas de cuchilladas, tan segura como que me llamo Roe —murmuré.

Mientras me encorvaba para rellenar los armarios con cazos y sartenes, pensé en esas marcas. El asaltante quería ver si el armario tenía un falso fondo; esa era la única interpretación que se me ocurría. Y solo había registrado los armarios más hondos y los muebles más amplios del salón.

Así que, señorita Genio, él buscaba algo grande. Bueno, también podía ser una mujer, pero no tenía intención de complicarme con su género. Un «él» genérico bastaría por el momento. ¿Qué sería eso tan grande que Jane escondiera y por lo que alguien se tomaría la molestia de asaltar la casa? Pregunta sin respuesta hasta saber más, y tenía la clara sensación de que acabaría sabiendo más.

Al acabar de ordenar la cocina, me dirigí hacia el dormitorio de invitados. El único desorden allí, ahora que había retirado los cristales rotos, eran los dos armarios individuales, que habían abierto y vaciado. Una vez más, no habían intentado destruir o mutilar los objetos contenidos; se habían limitado a vaciarlos rápida y concienzudamente. Jane guardaba sus maletas en uno de los armarios. Habían abierto las más grandes. Ropa de fuera de temporada, cajas de fotografías y recuerdos, una máquina de coser portátil, dos cajas de adornos de Navidad…, todas esas cosas que tendría que repasar y sobre las que decidirme, pero por el momento me bastaba con volver a meterlas en su sitio. Mientras colgaba un pesado abrigo, me di cuenta de que las paredes de los armarios habían recibido el mismo tratamiento que el armario escobero de la cocina.

Las escaleras del desván se encontraban en el pequeño pasillo, flanqueado por las puertas de dos dormitorios a los lados y culminado al fondo por la puerta del cuarto de baño. Lo cierto, me percaté, es que esa casa era varios metros cuadrados más pequeña que la mía. Si me mudaba, tendría menos espacio, pero más independencia.

Seguramente haría calor en el desván, pero haría mucho más por la tarde. Aferré el cordón del tirador y tiré. Contemplé con cuidado las escaleras que se habían desplegado ante mí. No parecían muy robustas.

A Jane tampoco le gustaba usarlas, según pude averiguar tras ascender los quejumbrosos peldaños. Allí arriba había poco más que polvo y un aislamiento perturbador. Allí también había estado el intruso, y al parecer no había escatimado esfuerzos. Habían desenrollado un sobrante de la moqueta del salón y un baúl yacía con los cajones a medio sacar. Cerré el ático con cierto alivio y me lavé el polvo de las manos y la cara en el cuarto de baño, que era bastante amplio, con un gran armario para la colada bajo el cual una puerta daba a un espacio lo bastante amplio como para meter una cesta para la ropa sucia. También había recibido las atenciones del intruso.

Fuese quien fuese, buscaba un escondite oculto donde dejar algo que cupiese en un armario, pero no detrás de unos libros… Algo imposible de esconder entre sábanas y toallas, pero sí en una cacerola amplia. Intenté imaginar a Jane escondiendo… ¿una maleta llena de dinero? ¿Qué si no? ¿Una caja con… documentos reveladores de un terrible secreto? Abrí la mitad superior del armario para ver las sábanas y toallas de Jane, pulcramente dobladas, sin verlas en realidad. Menos mal que no habían desordenado todo aquello, cavilé con la mitad de mi cerebro, ya que Jane era una campeona del doblado; las toallas estaban más pulcras de lo que jamás sería capaz de conseguir, y al parecer había planchado las sábanas, algo que no había visto desde mi infancia.

Nada de dinero o documentos; quizá los hubiera repartido para que cupieran en los espacios que el intruso había pasado por alto.

Sonó el timbre, provocando que diera un respingo.

Eran los cristaleros, un equipo formado por un matrimonio al que ya había recurrido cuando tuve algunos problemas de ventanas en los apartamentos de mi madre. Aceptaron mi presencia en la casa sin hacer preguntas. La mujer comentó que últimamente estaban forzando muchas ventanas traseras, cosa nada habitual cuando ella era «una niña».

—Toda esta gente que viene de la capital —dijo, arqueando unas cejas profusamente pintadas.

—¿Usted cree? —pregunté para establecer mi buena voluntad.

—Oh, claro, cielo. Vienen aquí huyendo de la gran ciudad, pero se traen sus costumbres con ellos.

Lawrenceton amaba el dinero de los inmigrantes, pero no confiaba en sus personas.

Mientras se dedicaban a quitar cristales rotos y poner los nuevos, fui al dormitorio de Jane, que daba a la parte delantera. De alguna manera, me resultaba más fácil estar allí acompañada. No soy supersticiosa, al menos no conscientemente, pero tenía la impresión de que la presencia de Jane era más fuerte allí, y tener a otras personas trabajando en la casa hacía que mi irrupción en la habitación fuese menos… personal.

Era un dormitorio amplio, con una gran cama de cuatro columnas con una mesilla a juego, una amplia cómoda con cajones y un espacioso tocador con un gran espejo cómodamente dispuesto. En lo que ya era una estampa familiar, el armario de puerta doble estaba abierto y su contenido, esparcido por el suelo de cualquier manera. A los lados había estanterías de obra, de donde el intruso había arramblado con zapatos y bolsos.

No hay nada tan deprimente como los zapatos de otra persona cuando tu tarea es la de disponer de ellos. Jane no se había preocupado demasiado en invertir en ropa y accesorios personales. No recordaba haberla visto nunca con una prenda que me llamase la atención, o siquiera algo que pudiera tildar de nuevo. Sus zapatos no eran caros y todos estaban gastados. Me daba la sensación de que Jane no había disfrutado de su dinero en absoluto; se había limitado a vivir en su pequeña casa con su fondo de armario de Penny's y Sear's, permitiéndose la única extravagancia de comprarse libros. Y siempre había parecido satisfecha; trabajó hasta que tuvo que jubilarse y luego volvió como sustituta en la biblioteca. Empezaba a sumirme en la melancolía y hube de sacudirme para desembarazarme de las penas.

Lo que necesitaba, me dije bruscamente, era volver con unas grandes cajas de cartón, meter toda la ropa de Jane y donarla a la beneficencia. Jane había sido un poco más alta que yo, y más recia también; así que sabía que no encontraría nada útil. Apilé toda la ropa tirada por el suelo y arrojé los zapatos sobre la cama; de nada serviría volver a ordenarlos en el armario cuando sabía que no los iba a necesitar. Al acabar, pasé unos minutos registrando los recovecos del armario.

No parecía ser más que eso, un armario.

Me di por vencida y me senté al borde de la cama, pensando en todos los cazos, sartenes, toallas, sábanas, revistas, libros, material de costura, adornos navideños, horquillas, redecillas y pañuelos que ahora eran míos y cuyo uso era mi responsabilidad. Solo mirar todo aquello resultaba agotador. Escuché ociosamente las voces de la pareja provenientes del dormitorio trasero. Una podría pensar que, como se pasaban las veinticuatro horas juntos, ya se lo habrían dicho todo, pero de vez en cuando se les oía lanzar algún comentario. Ese diálogo, tranquilo e intermitente, parecía afable y me ayudó a entrar en una especie de trance mientras permanecía sentada en el borde de la cama.

Tenía que trabajar tres horas esa tarde, de una a cuatro. Apenas tendría tiempo para ir a casa y prepararme para mi cita con Aubrey Scott… ¿De verdad necesitaría ducharme y cambiarme para ir al cine? Tras mi paso por el desván, no sería mala idea. Aquel día hacía más calor que el anterior. Cajas de cartón… ¿Dónde encontrar algunas resistentes? La licorería era una opción, pero las que tenían eran demasiado pequeñas para meter ropa. ¿Tendrían un buen aspecto las estanterías de Jane junto a las mías? ¿Debería traer mis libros aquí? Podía convertir el dormitorio de invitados en un estudio. La única persona que había pasado alguna vez la noche en mi casa y con quien no me había acostado, mi hermanastro Phillip, vivía ahora en California.

—Ya hemos terminado, señorita Teagarden —anunció el marido del equipo matrimonial.

Me arranqué de mi propio estupor.

—Envíen la factura a Bubba Sewell al edificio Jasper. Aquí tienen la dirección —dije, arrancando una hoja de un bloc que Jane había dejado junto al teléfono. ¡El teléfono! ¿Estaba conectado? No, según pude descubrir cuando se marchó el equipo de reparación. Sewell lo había considerado un gasto innecesario. ¿Debería volver a darlo de alta? ¿Con qué nombre? ¿Podía permitirme tener dos números de teléfono, uno allí y otro en mi adosado?

Ya había tenido bastante herencia por ese día. Justo cuando miraba la puerta principal, oí unos pasos avanzando rápidamente por el césped. Resultó ser un hombre de amplios pectorales proveniente de la casa de la izquierda.

—Hola —dijo apresuradamente—, veo que eres nuestra nueva vecina.

—Tú debes de ser Torrance Rideout. Muchas gracias por cuidar tan bien del jardín.

—Bueno, de eso quería preguntarte. —De cerca, Torrance Rideout parecía un hombre que había sido guapo en el pasado pero que no había perdido todo su atractivo. Su pelo era marrón con apenas unas vetas grises y su barba parecía lo bastante hirsuta como para necesitar un par de afeitados diarios. Tenía un rostro escarpado, ojos marrones rodeados por lo que pensé que eran arrugas provocadas por el sol, piel morena y un llamativo polo verde y pantalón corto azul marino—. Mi esposa Marcia y yo lamentamos profundamente lo de Jane. Era una vecina maravillosa y estamos muy apesadumbrados por su muerte.

No me sentía la persona adecuada para aceptar las condolencias de nadie, pero tampoco estaba dispuesta a explicar que había heredado la casa de Jane no porque fuésemos grandes amigas, sino porque Jane quería a alguien que pudiese recordarla durante mucho tiempo. Así que me limité a asentir, esperando que fuese suficiente.

Torrance Rideout pareció darse por satisfecho.

—Bueno, he cortado el césped, y me preguntaba si querrías que lo siguiese haciendo durante una semana más, hasta que encuentres a un jardinero o lo hagas tú misma, o lo que prefieras hacer. Yo estaría encantado de hacerlo.

—Ya te has tomado demasiadas molestias…

—No, ninguna molestia. Cuando Jane ingresó en el hospital, le dije que no tendría que preocuparse del jardín, que yo me ocuparía de todo. Tengo una segadora automática, simplemente hay que subirse en ella, y tampoco hay tanta maleza, simplemente cuidar de unos cuantos parterres. He sacado la de Jane para cubrir los rincones más estrechos, por donde no puede pasar la mía. Pero lo que quería comentarte es que alguien ha excavado en el jardín trasero.

Caminamos hacia mi coche mientras Torrance hablaba. Me detuve con los dedos sobre el tirador de la puerta.

—¿Excavado en el jardín trasero? —repetí, incrédula. Bien pensado, tampoco era tan sorprendente. Lo medité durante un momento. Vale, algo que cabía en la casa también podía caber en un agujero del suelo.

—He rellenado los agujeros —prosiguió Torrance—, y Marcia ha estado vigilando, ya que se pasa el día en casa.

Le conté que alguien había irrumpido en la casa y él expresó unas previsibles emociones de estupefacción y repugnancia. No había visto la ventana rota cuando cortó el césped dos días atrás, según me dijo.

—Te lo agradezco —repetí—. Has hecho mucho.

—No, no —protestó rápidamente—. Nos preguntábamos si pondrías la casa a la venta o te mudarías a vivir en ella… ¡Jane ha sido nuestra vecina durante tanto tiempo que casi nos da un poco de miedo que haya una nueva!

—Aún no me he decidido —dije sin dar más explicaciones, lo que pareció dejar a Torrance Rideout fuera de juego.

—Bueno, verás, nosotros alquilamos esa habitación sobre la cochera —explicó—, y tenemos para mucho tiempo. Este barrio no se ha diseñado precisamente para zonas de alquiler, pero a Jane nunca le importó, y nuestro vecino del otro lado, Macon Turner, es el director del periódico. ¿Lo conoces? A Macon tampoco le ha importado nunca. Pero con nueva propietaria en la casa de Jane, bueno, no sabíamos…

—Os lo diré en cuanto tome una decisión —repetí, tan cortésmente como pude.

—Bien, bien. Te lo agradecemos, y si necesitas cualquier cosa, ven a pedírselo a Marcia en cualquier momento. Estoy fuera de la ciudad casi todas las semanas. Soy vendedor de suministros de oficina, lo creas o no, pero suelo estar en casa todos los fines de semana y algunas tardes y, como he dicho, Marcia siempre está en casa y le encantará ayudarte si está en su mano.

—Gracias por el ofrecimiento —respondí—. Estoy segura de que pronto os podré decir algo. Gracias por todo lo que has hecho en el jardín.

Y finalmente me marché de allí. Hice una parada en el Burger King para almorzar, lamentando no haberme llevado uno de los libros de Jane para leer mientras comía. Pero tenía muchas cosas en las que pensar: los armarios vaciados, los agujeros en el jardín trasero, las insinuaciones de Bubba Sewell sobre que Jane me había dejado un problema sin resolver. La tarea puramente física de despejar la casa de las cosas que no deseaba conservar y luego la decisión de qué hacer con la propia casa. Al menos todas esas consideraciones eran preferibles a seguir pensando en mí misma como una amante rechazada, afincando mis pensamientos en el futuro bebé de los Smith…, sintiéndome de alguna manera engañada por el embarazo de Lynn. Era mucho mejor tener decisiones que dependieran de mí, en vez de ser un objeto pasivo de las mismas.

«¡Ya!», me amonesté bruscamente para desterrar la melancolía mientras tiraba al cubo de basura el vaso y el envoltorio. Ahora, a trabajar, luego a casa y después a una cita de verdad. ¡Mañana, a madrugar en busca de esas cajas de cartón!

Debí recordar que mis planes rara vez salen bien.

Capítulo 3

Las horas de trabajo de esa tarde se me pasaron sin pena ni gloria. Pasé tres horas en el mostrador de recepción y salida, manteniendo una conversación intrascendente con los clientes. Los conocía a casi todos por su nombre y de toda la vida. Podría haberles dado el día contándoles a todos, incluidos mis compañeros de trabajo, lo de mi buena suerte, pero de alguna manera me parecía una falta de modestia. Y no es que hubiera muerto mi madre, lo que supondría un traspaso lógico de la fortuna. El legado de Jane, que ya empezaba a ponerme más nerviosa (casi) que feliz, era tan difícil de explicar que me avergonzaba un poco hablar de ello. Todo el mundo lo acabaría descubriendo tarde o temprano… Divulgarlo ahora sería más comprensible que mantenerlo en silencio. De todos modos, los demás bibliotecarios hablaban de Jane; había realizado labores de sustitución allí después de jubilarse de su puesto en el sistema de enseñanza, y había sido una gran lectora durante muchos años. Coincidí con muchos compañeros en el funeral.

Pero no era capaz de dar con ninguna manera casual de meter el legado de Jane en la conversación. Ya me imaginaba el arqueo de cejas, las miradas que se me pegarían a la espalda. Jane me había facilitado la vida de muchas formas aún no descubiertas, pero la había dificultado de manera que ya empezaba a percibir. Al final decidí mantener la boca cerrada y asumir lo que los cotilleos locales pudieran dar de sí.

Lillian Schmidt casi echó por tierra mi determinación cuando observó que había visto que Bubba Sewell, el abogado, se dirigía a mí en el cementerio.

—¿Qué es lo que quería? —preguntó Lillian directamente, mientras se cerraba el cuello de la blusa para hacer desaparecer temporalmente el espacio entre los botones.

Me limité a sonreír.

—¡Oh! Bueno, ahora está soltero, pero ya sabes que ha estado casado en un par de ocasiones —me contó con deleite. Los botones volvían a estar a la vista.

—¿Con quién? —pregunté sin pensar demasiado para apartar mi propia conversación con el abogado.

—Primero con Carey Osland. No sé si la conoces; vive justo al lado de Jane… ¿Recuerdas lo que le ha pasado a Carey últimamente, con su segundo marido, Mike Osland? Se fue una noche a por pañales, después de que Carey diera a luz a su niña, y nunca regresó. Carey hizo que lo buscasen por todas partes; era incapaz de creerse que fuera capaz de irse sin más, pero así debió de ser.

—Pero ¿antes de Mike Osland, Carey estuvo casada con Bubba Sewell?

—Eso es. Durante un corto periodo, no tuvieron hijos. Entonces, al cabo de un año, Bubba se casó con una chica de Atlanta. Su padre era un abogado importante; todo el mundo pensó que sería bueno para su carrera. —Lillian no se molestó en recordar el nombre, ya que la chica no era natural de Lawrenceton y el matrimonio no duró demasiado—. Pero no salió bien; ella le engañaba.

Lancé vagos sonidos de decepción para que Lillian prosiguiera.

—Entonces (espero que esta te guste), empezó a salir con tu amiga Lizanne Buckley.

—¿Salió con Lizanne? —repetí, sorprendida—. Hace mucho que no sé nada de ella. Hace tiempo que hago que me manden las facturas de la electricidad al buzón y no las recojo personalmente, como hacía antes.

Lizanne era la recepcionista de la compañía eléctrica. Era guapa y agradable, un poco lenta, pero segura, como la miel abriéndose paso inexorablemente por una tortita de mantequilla. Sus padres habían muerto el año anterior, y durante un tiempo eso había dibujado una franja de arrugas en su frente perfecta y marcas de lágrimas en sus mejillas blanco magnolia. Pero, poco a poco, había logrado acompasar su preciosa rutina con ese terrible cambio, poniendo toda su voluntad para olvidar el episodio más horrible de su vida. Vendió la casa de sus padres, se compró una igual con las ganancias y reanudó su carrera de rompecorazones. Bubba Sewell debió de ser un optimista y un adorador de la belleza cuando decidió salir con la reconocidamente intocable Lizanne. No me lo hubiese esperado de él.

—Entonces, a lo mejor, si él y Lizanne han roto, quizá quiera tirarte a ti los tejos. —Lillian siempre volvía al meollo de la cuestión, tarde o temprano.

—No, esta noche saldré con Aubrey Scott —dije, tras armar el argumento mientras ella recitaba las desventuras maritales de Bubba Sewell—. El sacerdote episcopaliano. Nos conocimos en la boda de mi madre.

Funcionó, y el gran placer de Lillian por saber algo en exclusiva la puso de buen humor para lo que quedaba de tarde.

No sabía cuántos episcopalianos había en Lawrenceton hasta que salí con su sacerdote.

Mientras hacíamos cola para comprar las entradas del cine, conocí al menos a cinco miembros de la congregación de Aubrey. Traté de irradiar respetabilidad e integridad, lamentando que mi mata de pelo no hubiese sido más mansa cuando traté de domarla, antes de que me la recogiera. Sobrevolaba por mi cabeza como una nube, y ya iba por la centésima vez que pensaba en cortármelo todo. Al menos mis pantalones azules y mi llamativa blusa amarilla eran nuevos, y el sencillo conjunto de cadena y pendientes de oro estaba bien, aunque sencillo, como digo. Aubrey iba vestido de civil, lo cual contribuyó definitivamente a mi relajación. Estaba desconcertantemente atractivo con sus vaqueros y camisa; no pude evitar algunos pensamientos muy seglares.

Escogimos una comedia y nos reímos en las mismas escenas, lo que era prometedor. Nuestra compatibilidad se extendió durante la cena, en la que la mención de la boda de mi madre desencadenó en Aubrey ciertos recuerdos de bodas que habían salido desastrosamente mal.

—Y la chica de las flores vomitó en plena boda —concluyó.

—¿Has estado casado? —pregunté animadamente. Había sacado el tema a propósito, así que sabía que estaba haciendo lo correcto.

—Soy viudo. Ella murió hace tres años de cáncer —explicó sencillamente.

La mirada se me cayó como un peso sobre el plato.

—No he salido con muchas chicas desde entonces —prosiguió—. Me siento bastante… inepto en ese sentido.

—Pues lo estás haciendo muy bien hasta ahora —le tranquilicé.

Su sonrisa no hizo sino acentuar su atractivo natural.

—Por lo que me dicen los adolescentes de mi congregación, las citas han cambiado mucho en los últimos veinte años, desde la última que tuve. No quiero… Solo quiero airearme. Parece que a veces te pone un poco nerviosa salir con un sacerdote.

—Bueno…, sí.

—Vale, no soy perfecto y no espero que tú lo seas. Todo el mundo tiene actitudes y opiniones que no recorren precisamente la línea de la espiritualidad; todos lo intentamos, y nos llevará toda la vida llegar allí. Eso es lo que yo creo. En lo que no creo es en el sexo prematrimonial; estoy esperando que algo cambie mi parecer en ese sentido, pero, hasta el momento, eso no ha pasado. ¿Querías saber alguna de estas cosas?

—A decir verdad, sí. Era precisamente lo que quería saber. —Lo que me sorprendió fue el gran alivio que sentí ante la certeza de que Aubrey no intentaría llevarme a la cama. En la mayoría de las citas que había tenido en los últimos diez años, me había pasado la mitad del tiempo preocupada por lo que ocurriría cuando el chico me llevase a casa. Ahora especialmente, después de mi apasionada relación con Arthur, que Aubrey no esperase que tomase una decisión así me quitaba un gran peso de encima. Me iluminé y empecé a disfrutar plenamente. Él no volvió a sacar el tema de su mujer y yo estaba segura de que no se lo iba a volver a sacar.

La negativa al sexo prematrimonial de Aubrey no implicaba lo mismo con los besos prematrimoniales, según descubrí cuando me acompañó hasta la puerta trasera de mi casa.

—Podríamos quedar otro día.

—Llámame —le dije con una sonrisa.

—Gracias por esta velada.

—No, gracias a ti.

Nos despedimos con buen sabor de boca y, mientras me lavaba la cara y me ponía el camisón para dormir, el día siguiente no se me antojó tan desalentador. Libraba en el trabajo, así que podría dedicar el tiempo a trabajar en la casa de Jane. Mi casa. Aún no me acostumbraba a la idea de ser la propietaria.

Pero pensar en la casa me condujo a la preocupación por el intruso, por los agujeros en el jardín trasero que aún no había visto y por el objeto de su extraña búsqueda. Debía de ser un objeto demasiado grande para caber en la caja de seguridad que Bubba Sewell había mencionado; además, me había comentado que no había gran cosa en ella, insinuando que ya había visto su contenido.

Fui cayendo en el sueño mientras pensaba. Algo que no podía dividirse, algo que no podía aplanarse…

Cuando desperté a la mañana siguiente, sabía dónde debía estar escondida esa cosa.

Me sentía como si estuviese cumpliendo una misión secreta. Tras enfundarme unos vaqueros y una camiseta y desayunar una tostada, rebusqué en el contenido del cajón de las herramientas. No estaba segura de lo que iba a necesitar. Era probable que Jane tuviese esas herramientas básicas, pero no me apetecía perder el tiempo buscándolas. Me hice con un martillo de orejas y dos destornilladores y, tras pensarlo un momento, añadí una espátula ancha. Conseguí meterlo todo en mi bolso, a excepción del martillo, que al final también metí, pero dejando sobresalir el mango. Demasiado obvio, me dije. Me lavé los dientes rápidamente y no me entretuve maquillándome. A las ocho de la mañana ya estaba doblando por el camino privado desde Honor.

Metí el coche en el garaje y accedí a la casa a través de la puerta de la cocina. El lugar estaba sumido en el silencio y la atmósfera se resentía por la falta de ventilación. Encontré el termostato en el pequeño pasillo y lo encendí en la posición de «fresco». El aire acondicionado zumbó hasta cobrar vida. Revisé las habitaciones apresuradamente; todo parecía intacto. Sudaba un poco y el pelo se me pegaba a la cara, así que tiré de la cinta del pelo hasta que me llegase a la base del cuello. Resoplé con fuerza, erguí los hombros y avancé hacia el salón. Levanté las persianas de la ventana saliente para obtener la mayor iluminación posible, me hice con mis herramientas y me puse manos a la obra.

Fuese lo que fuese, estaba en el asiento de la ventana saliente.

Jane lo había enmoquetado para que nadie pensase que pudiera contener algo, para hacerlo pasar como un complemento de la estancia, un lugar agradable donde colocar unos bonitos cojines o una planta. El instalador le había hecho un buen trabajo. Me costó lo mío lidiar con la moqueta. Vi a Torrance Rideout salir de su camino privado, echar un vistazo a la casa y marcharse al trabajo. Una mujer guapa y algo entrada en carnes paseaba a un dachshund por la calle, dejando que hiciese sus cosas en mi jardín, me percaté con indignación. Tras pensarlo un momento, la reconocí mientras tiraba y arrancaba la moqueta rosa con motivos azules. Era Carey Osland, exmujer de Bubba Sewell y de Mike Osland, el hombre que había huido de una manera espectacularmente cruel. Carey debía de vivir en la casa de la esquina con las rosas colgantes del porche delantero.

Me centré en lo mío, procurando no especular sobre lo que había escondido en el asiento de la ventana y finalmente aflojé la moqueta lo suficiente como para agarrar un extremo con ambas manos y tirar con fuerza.

Efectivamente, la ventana saliente contenía un asiento con una tapa con goznes. Tenía razón. Entonces ¿por qué no me sentía triunfadora?

Fuese lo que fuese lo que había en la casa, era problema mío, según palabras de Bubba Sewell.

Cogí aire antes de levantar la tapa y observar el interior del asiento. El sol iluminó el hueco, rociando su contenido con un suave brillo matinal. Había una funda de almohada amarillenta con algo redondo en su interior.

Estiré la mano y tiré de la esquina de la funda, sacudiéndola con suavidad hacia delante y hacia atrás para no perturbar excesivamente su contenido. Pero finalmente tuve que tirar del todo, y lo que había estado dentro rodó a un lado.

Una calavera me sonreía desde la quietud.

—Oh, Dios mío —dije, cerrando de golpe la tapa y sentándome encima, cubriéndola con mis manos temblorosas. Un minuto después estaba sumida en una acción frenética, bajando las persianas, cerrándolo todo, comprobando que la puerta delantera tenía el pestillo echado, encontrando el interruptor de la luz y encendiendo la bombilla del techo del repentinamente oscurecido cuarto.

Volví a abrir la tapa del asiento de la ventana, deseando que su contenido hubiese cambiado milagrosamente.

La calavera seguía en su sitio con una sonrisa suelta.

Entonces sonó el timbre.

Di un salto. Por un segundo me quedé quieta, presa de la indecisión. Entonces decidí meter todas las herramientas en el hueco, con la calavera, cerré la tapa y la cubrí con la moqueta suelta. No quedaría muy bien, sobre todo tras haberla arrancado de forma tan inexperta, pero hice lo que pude y coloqué encima unos bonitos cojines en los rincones para disimular los daños. Aun así, la moqueta se combaba un poco. Traté de colocarla y le puse el peso de mi bolso encima. No cambiaba nada. Cogí unos libros de las estanterías y probé con ellos. Mucho mejor. La moqueta se mantenía en su sitio. El timbre sonó otra vez. Me tomé un momento para recomponerme la cara.

Carey Osland, sin el perro, me sonreía amigablemente cuando abrí la puerta. Su pelo castaño oscuro estaba recorrido por ligeras vetas grises, pero no había ni una arruga en su bonito rostro redondo. Llevaba un vestido que superaba por poco la categoría de albornoz y unos mocasines desgastados.

—Hola, vecina —dijo alegremente—. Aurora Teagarden, ¿verdad?

—Sí —contesté, haciendo un tremendo esfuerzo para sonar relajada y tranquila.

—Me llamo Carey Osland y vivo en la casa de las rosas, en la esquina —indicó.

—Creo que ya nos conocimos, Carey, en una despedida de soltera, creo.

—Es verdad… Hace mucho tiempo. ¿Quién se casaba?

—Pasa, pasa. ¿No era la despedida de Amina tras su fuga?

—Pues tiene que ser, porque entonces yo trabajaba en la tienda de ropa de su madre y por eso me invitó. Ahora trabajo en Marcus Hatfield.

Marcus Hatfield era el Lord & Taylor[*] de Lawrenceton.

—Por eso voy tan desaliñada ahora —prosiguió Carey felizmente—. Me estoy cansando de arreglarme.

—Tienes unas uñas estupendas —admiré. Siempre me impresionan las personas capaces de mantener unas uñas largas y cuidadas. También estaba poniendo todo mi empeño en no pensar en el asiento de la ventana, en

[*]Famosos grandes almacenes de moda en Estados Unidos (N. del T.).

ni siquiera mirar en su dirección. Indiqué a Carey que se sentara en el sofá para que le diese la espalda parcialmente mientras yo optaba por el sillón.

—Oh, cariño, no son de verdad –dijo Carey cálidamente—. No sería capaz de dejar de mordérmelas o romperlas… Bueno, se ve que Jane y tú erais buenas amigas.

El repentino cambio de tema y la comprensible curiosidad de Carey me cogieron desprevenida. Mis vecinos no eran desde luego de la variedad impersonal de las grandes ciudades.

—Me dejó la casa —declaré, pensando que no había más que decir.

Y así fue. Carey no hizo nada por rodear la frase y hurgar más acerca de nuestra relación.

Pero yo sí que empezaba a hacerme preguntas al respecto. Especialmente teniendo en cuenta el pequeño problema que Jane me había dejado entre manos.

—¿Y has pensado venirte a vivir aquí? —Carey se había recompuesto y me contraatacaba con más determinación si cabe.

—No lo sé. —No añadí más explicaciones. Carey Osland me caía bien, pero necesitaba quedarme a solas con la cosa del asiento de la ventana.

—Bueno —inspiró Carey antes de resoplar—, supongo que será mejor que me prepare para ir al trabajo.

—Gracias por pasarte —dije tan afectuosamente como pude—. Seguro que nos volvemos a ver en cuanto me asiente un poco aquí.

—Como te he dicho, estoy justo al lado, así que si me necesitas no dudes en pasar. Mi hija está en un campamento de verano hasta este fin de semana, así que estaré sola.

—Muchas gracias, puede que te tome la palabra —dije, intentando mostrar mi buena disposición y sentido del vecindario para suavizar el hecho de que no deseaba prolongar más la conversación ni que se quedara por más tiempo, cosas con las que temía haber sido ofensivamente explícita.

Mi suspiro de alivio fue tan sonoro cuando cerré la puerta tras ella que temí que me hubiera oído.

Fui al asiento de la ventana y me tapé la cara con las manos, tratando de que se me ocurriera una idea.

La dulce, frágil y canosa Jane Engle, bibliotecaria escolar y feligresa, había asesinado a alguien y depositado su cráneo en un asiento de la ventana. Luego había enmoquetado el asiento para que nadie tuviese la ocurrencia de mirar dentro. La moqueta se encontraba en un estado excelente, pero no era nueva. Jane había vivido en esa casa, con una calavera, durante varios años.

Solo hacerse a esa idea ya era una tarea difícil.

Tenía que llamar a la policía. De hecho, mi mano descolgó el auricular del teléfono antes de recordar que la línea estaba desconectada y que estaba en deuda con Jane Engle. Una gran deuda.

Jane me había dejado la casa, el dinero y la calavera.

No podía llamar a la policía y exponer a Jane como una asesina. Ella había contado con eso.

No pude resistirme a abrir de nuevo el asiento de la ventana.

—¿Quién demonios eres tú? —pregunté a la calavera. No sin cierto remilgo, la levanté con ambas manos. No era blanca, como los huesos en las películas, sino marrón. Desconocía si pertenecía a un hombre o a una mujer, pero la causa de la muerte parecía obvia: había un agujero en la parte de atrás, un agujero con los bordes dentados.

¿Cómo diablos había podido causar una anciana como Jane un golpe como ese? ¿De quién se trataba? Puede que un visitante se hubiese caído y se hubiese golpeado la base del cráneo, o algo parecido, y Jane hubiera temido ser acusada de asesinato. Era una premisa conocida, incluso reconfortante, para cualquier lector de misterio. Luego pensé en *Arsénico por compasión*. ¿Y si era un sin techo o una persona solitaria sin familia? Pero Lawrenceton no era lo suficientemente amplia como para que un desaparecido pasara desapercibido, pensé. Al menos yo no recordaba un caso así en años.

No desde que el marido de Carey Osland se fue a por pañales y nunca regresó.

Casi solté la calavera. ¡Oh, Dios mío! ¿Sería Mike Osland? Deposité la calavera sobre la mesa de centro de Jane con mucho cuidado, como si pudiese hacerle daño si no era delicada. ¿Qué podía hacer con ella ahora? No podía dejarla otra vez en el asiento de la ventana, ahora que había soltado la moqueta y comprometido su escondite. No había manera de dejar la moqueta como la había encontrado. Quizá, ahora que ya habían irrumpido en la casa, podría esconder la calavera en uno de los lugares que el intruso ya había registrado.

Eso suscitó toda una batería de nuevos interrogantes. ¿Acaso era lo que el intruso estaba buscando? Si Jane había matado a alguien, ¿cómo podía saberlo otra persona? ¿Por qué buscarla ahora? ¿Por qué no ir a la policía sin más y decir que Jane tenía una calavera en alguna parte de su casa y que estaba seguro de ello? Por descabellado que pareciera, es lo que la mayoría de la gente haría. ¿Por qué no lo había hecho esa persona?

Se me estaban acumulando más preguntas de las que solía responder en la biblioteca en un mes. Además, estas eran mucho más fáciles de resolver. «¿Me podrías recomendar una novela de misterio sin, ya sabes, mucho sexo? Es para mi madre» era mucho más fácil que «¿De quién es la calavera que yace en mi mesa del salón?».

Vale, lo primero era lo primero. Esconder la calavera. Sentí que sacarla de la casa sería lo más seguro. Digo «sentí» porque, en mi estado, ya había rebasado toda capacidad de razonamiento.

Cogí una bolsa de la compra de la cocina e introduje en ella la calavera. Metí un bote de café en otra, suponiendo que dos bolsas serían menos sospechosas que una sola. Tras recomponer el asiento de la ventana lo mejor que pude, miré el reloj. Eran las diez en punto. Carey Osland ya debía de estar en el trabajo. Había visto a Torrance Rideout salir, pero, según lo que me había dicho el día anterior, su mujer debía de estar en casa, a menos que estuviese haciendo algún recado.

Miré a hurtadillas a través de la persiana. La casa de enfrente de la de Torrance estaba tan tranquila como el día anterior. En la que había frente a la de Carey Osland había dos niños jugando en el jardín lateral, junto a Faith Street, a buena distancia. Todo despejado. Pero en ese preciso momento una furgoneta de mudanzas aparcó delante de la casa, al otro lado de la calle.

—Oh, genial —murmuré—. Sencillamente genial.

Pero, tras un instante, decidí que la furgoneta de mudanzas atraería más la atención que mi salida, si es que alguien estaba observando. Así que, antes de preocuparme más por ello, cogí mi bolso y las dos bolsas de la compra y fui a la cochera a través de la cocina.

—¿Aurora? —llamó una voz incrédula.

Con la firme sensación de que el destino me estaba gastando una buena, me volví hacia las personas que saltaban de la furgoneta de mudanzas para ver que mi exnovio, el detective Arthur Smith, y su novia, la detective de homicidios Lynn Liggett, se mudaban a la casa de enfrente.

Capítulo 4

De lo extravagante y lo desquiciante, mi día había pasado a lo surrealista. Anduve con unas piernas que no sentía como mías hacia los dos detectives, el bolso colgado del hombro, un bote de café en la bolsa de la mano derecha y una calavera perforada en la de la izquierda. Mis manos empezaron a sudar. Intenté forzar una expresión agradable en la cara, pero no tuve la menor idea de cuál fue el resultado.

Lo siguiente que dirían, pensé, lo siguiente que dirían sería… «¿Qué llevas en la bolsa?».

Lo único positivo de encontrarme en ese momento con la embarazadísima señora Smith era que estaba tan preocupada por la calavera que la situación personal de todos me importaba un bledo. Pero era muy consciente (demasiado) de que no iba maquillada y que solo llevaba el pelo sujeto con una cinta.

La hermosa piel de Arthur se puso roja, cosa que ocurría cuando se sentía abochornado, enfadado o… Bueno, no, no pensemos en eso. Arthur era demasiado duro como para abochornarse con facilidad, pero así se sentía en ese momento.

—¿Estás de visita? —preguntó Lynn, esperanzada.

—Jane Engle ha muerto —expliqué—. ¿Te acuerdas de Jane, Arthur?

Asintió.

—La experta en Madeleine Smith.

—Me ha dejado la casa —dije, y una parte infantil de mí quiso añadir: «Y toneladas de dinero». Pero mi parte más madura vetó el comentario, no solo porque llevaba una calavera en una bolsa y no quería prolongar el encuentro, sino porque el dinero no era un argumento válido para esgrimirlo contra Lynn por quedarse con Arthur. Mi mente moderna me decía que una mujer casada no tenía por qué mantener sus cuitas con una soltera, pero mi yo más primitivo creía firmemente que nunca saldaría la cuenta con Lynn hasta que me casase.

Era un día fragmentado en el mundo de los Teagarden.

Los Smith parecían desalentados, y no les faltaban razones. Llegan a la casa de sus sueños con el bebé de camino (muy de camino), y aparece la exnovia justo al otro lado de la calle.

—No sé si me vendré a vivir aquí —dije antes de que me preguntaran—, pero iré y volveré dentro de las dos próximas semanas para arreglar las cosas. —¿Tenía algún arreglo todo esto?

Lynn suspiró. La miré, viéndola realmente por primera vez. Su pelo moreno y corto parecía sin vida y, lejos de brillar con el embarazo, como había oído que solía pasar, su piel parecía manchada. Pero al volverse para mirar la casa, parecía feliz.

—¿Cómo te sientes, Lynn? —pregunté cortésmente.

—Muy bien. La ecografía ha mostrado que el bebé está mucho más desarrollado de lo que nos imaginábamos, puede que siete semanas, así que nos hemos dado prisa en comprar la casa para tenerlo todo preparado antes de que nazca.

En ese instante, gracias al cielo, un coche aparcó detrás de la furgoneta, y de él salieron varios hombres. Los reconocí como los compañeros del cuerpo de Arthur y Lynn; venían a ayudar a descargar la furgoneta.

Entonces me di cuenta de que el hombre al volante, un tipo corpulento unos diez años mayor que Arthur, era Jack Burns, el sargento detective y una de las pocas personas en el mundo a las que temía de verdad.

Se habían juntado al menos siete agentes de policía, incluido Jack Burns, y allí me encontraba yo con... Temía siquiera pensarlo con Jack Burns cerca. Su celo por aplicar castigo a los malhechores era tan agudo, su rabia interior ardía con tal fuerza, que sentía que podría oler el encubrimiento y la falsedad. Me empezaron a temblar las piernas. Tenía miedo de que alguien se percatase. ¿Cómo demonios se las arreglaban sus dos hijos adolescentes para tener una vida privada?

—Me alegro de haberos visto —dije abruptamente—. Espero que la jornada de mudanza se os dé muy bien.

Ellos también se sintieron aliviados por la conclusión del encuentro. Arthur me saludó como si tal cosa cuando uno de sus compañeros abrió la parte de atrás de la furgoneta y lo reclamó para el trabajo.

—Ven a visitarnos cuando te instales —me mintió Lynn cuando me despedí y me volví para irme.

—Tómatelo con calma —dije por encima de mi hombro mientras cruzaba la calle sobre unas piernas de goma.

Coloqué las bolsas con cuidado en el asiento del copiloto y me deslicé en el coche. Quería quedarme sentada temblando durante un rato, pero mayor era mi deseo de salir de allí, así que metí la llave, arranqué el motor, encendí el aire acondicionado a plena potencia y me tomé un momento para abrocharme el cinturón y darme unos toques en la cara (que estaba anegada en sudor) con un pañuelo; cualquier cosa con tal de calmarme un poco antes de ponerme a conducir. Salí marcha atrás por un camino privado que no me era nada familiar, la furgoneta de mudanzas aparcada justo enfrente, rodeada de gente que no paraba de moverse, lo que hacía que el proceso fuese aún más complicado.

Conseguí lanzar un saludo con la mano a la cuadrilla y algunos de ellos me lo devolvieron. Jack Burns se limitó a mirar; volví a pensar en su mujer e hijos, que tenían que vivir bajo esa ardiente mirada que parecía capaz de ver todos los secretos. ¿Y si la apagaba en casa? A veces, incluso los hombres bajo su mando parecían incómodos con él, según supe mientras salía con Arthur.

Conduje sin rumbo concreto durante un rato, preguntándome qué hacer con la calavera. Odiaba la idea de llevármela a casa; allí no tenía donde ocultarla. Tampoco podía tirarla hasta decidir qué hacer con ella. Mi caja de seguridad del banco no era lo bastante grande, y probablemente la de Jane tampoco; de lo contrario, seguro que la habría dejado allí desde un principio. En fin, la idea de llevar una bolsa de papel de la compra al banco era suficiente por sí misma para hacerme reír histéricamente. Lo que estaba claro era que no podía dejarla en el maletero del coche. Comprobé con una mirada que la pegatina de la inspección técnica del coche estaba en orden; sí, gracias a Dios. Pero podían pararme por cualquier infracción de tráfico en cualquier momento; no me había pasado nunca, pero, tal como me estaban yendo las cosas ese día, todo me parecía posible.

Tenía una llave de la casa de mi madre y ella estaba fuera.

Tan pronto se me pasó la idea por la cabeza, doblé en la siguiente esquina y hacia allí me dirigí. No me consolaba la idea de usar la casa de mi madre para tal propósito, pero en ese momento me pareció el mejor recurso.

El aire estaba caliente en la gran casa de mi madre, en Plantation Drive. Corrí escaleras arriba a mi antigua habitación sin pensarlo. Me detuve a recuperar el aliento delante de la puerta mientras pensaba en un buen escondite. Ya casi no quedaban cosas mías allí, y la habitación se había convertido en otro cuarto de invitados más, pero a lo mejor encontraba algo en el armario.

En efecto: una bolsa de plástico rosa con cremallera donde mi madre guardaba las mantas de las camas gemelas de esa habitación. Nadie iría a buscar una sábana con este tiempo. Saqué una banqueta de debajo del tocador, me subí encima y abrí la cremallera de la bolsa de plástico. Cogí mi bolsa de cartón, con su escalofriante contenido, y la introduje entre las mantas. La cremallera ya no volvería a cerrarse con el bulto extra.

Aquello estaba adquiriendo tintes grotescos. Bueno, más grotescos todavía.

Saqué una de las mantas y redoblé la otra en la mitad de la bolsa, dejando el resto del espacio para la calavera. Ahora la cremallera sí que cerraba y no parecía demasiado abultada, decidí. Volví a empujarla hasta el fondo de la estantería.

Ya solo tenía que encontrar un sitio para la manta. El mueble de los cajones estaba solo parcialmente lleno de objetos insignificantes; mi madre mantenía dos cajones libres para los invitados. Empujé la manta en uno de ellos, lo cerré con un golpe y volví a abrirlo. Quizá necesitase el cajón. John se traería todas sus cosas cuando volviesen de la luna de miel. Me entraron ganas de sentarme en el suelo y ponerme a llorar. Me quedé de pie, sosteniendo la manta, indecisa, pensando seriamente en quemarla o llevármela a casa conmigo. Mejor la manta que la calavera.

La cama, por supuesto. El mejor sitio para ocultar una manta es una cama.

Quité la colcha, lancé la almohada al suelo y desplegué la manta limpiamente sobre el colchón. Unos minutos más tarde, la cama tenía el mismo aspecto que antes.

Salí a toda prisa de la casa de mi madre y conduje hasta la mía. Me sentía como si llevase dos días sin dormir, cuando lo cierto era que aún faltaba un poco para la hora de comer. Al menos no tenía que ir a trabajar esa tarde.

Me serví un vaso de té helado y, por una vez, lo cargué de azúcar. Me senté en mi sillón favorito y bebí lentamente. Era hora de ponerse a pensar.

Hecho número uno: Jane Engle había dejado escondida una calavera en su casa. Puede que no le dijera a Bubba Sewell lo que había hecho, pero le había dejado la pista de que algo no estaba en orden, y que yo debía ocuparme de ello.

Pregunta: ¿cómo había llegado la calavera hasta la casa de Jane? ¿Había asesinado ella a su… propietario? ¿A su ocupante?

Pregunta: ¿dónde estaba el resto del esqueleto?

Pregunta: ¿cuánto tiempo hacía que depositaron la calavera en el asiento de la ventana?

Hecho número dos: alguien más sabía o sospechaba que la calavera estaba en casa de Jane. Podía inferir que esa persona era respetuosa con la ley, ya que el intruso no había aprovechado la ocasión para robar o destrozar nada. Una ventana rota era una minucia en comparación con lo que podría haber sido en una casa vacía. Así que la calavera era seguramente el único objeto que buscaba. A menos que Jane (pensamiento horrible) tuviese más secretos escondidos.

Pregunta: ¿lo volvería a intentar el intruso o se habría convencido de que la calavera ya no estaba en la casa? También había registrado el jardín, según Torrance Rideout. Me acordé de que debía ir al jardín trasero la próxima vez que fuese allí para ver lo que había hecho.

Hecho número tres: no sabía qué hacer. Podía guardar silencio para siempre, arrojar la calavera al río e intentar olvidar que la había visto; ese enfoque resultaba muy atractivo en ese momento. Pero también podía llevársela a la policía y decirles lo que había hecho. Ya sentía escalofríos solo al pensar en el rostro de Jack Burns, por no hablar de la incredulidad en el de Arthur. Me oí tartamudear:

—Bueno, la escondí en casa de mi madre. —¿Qué clase de excusas podría esgrimir ante unas acciones tan extrañas? Ni siquiera yo era capaz de comprender por qué había hecho lo que había hecho, salvo que había actuado impulsada por una especie de lealtad hacia Jane, influida en cierta medida por todo el dinero que me había dejado.

En ese momento descarté prácticamente acudir a la policía, a menos que surgiera otro imprevisto. Desconocía cuál era mi posición legal, pero tampoco imaginaba que lo hecho hasta el momento fuese tan malo legalmente. Otra cosa era la cuestión moral.

Lo que estaba claro era que tenía un problema entre manos.

En ese inoportuno instante sonó el timbre. Era el día de las interrupciones no deseadas. Suspiré y fui a abrir, anhelando que fuese alguien a quien me apeteciese ver. ¿Aubrey?

Pero la jornada parecía empeñada en proseguir en su inexorable precipitación cuesta abajo y sin frenos. Parnell Engle y su mujer, Leah, se encontraban en mi puerta delantera, la que nadie usa nunca porque hay que aparcar en la parte de atrás (a pocos metros de la puerta trasera) y luego rodear de nuevo toda la casa hasta la de delante. Por supuesto, eso fue lo que Parnell y Leah habían hecho.

—Señor Engle, señora Engle —saludé—, pasen, por favor.

Parnell abrió fuego sin preámbulos.

—¿Qué le hemos hecho a Jane, señorita Teagarden? ¿Le dijo a usted lo que le hicimos para ofenderla tanto como para dejarle toda su herencia a usted?

Eso era lo que menos necesitaba.

—No empiece —repliqué con dureza—. Le ruego que no vaya por ahí. Hoy no es un buen día. Tiene un coche, tiene algo de dinero y tiene a Madeleine, la gata. Alégrese y déjeme en paz.

—Llevamos la misma sangre que Jane...

—No me venga con esas —restallé. La línea de la cortesía se me había quedado ya muy atrás—. No sé por qué me lo dejó todo, pero en este momento no me siento precisamente afortunada, créame.

—Nos damos cuenta —dijo él, recuperando un poco de su dignidad— de que Jane expresó sus verdaderos deseos en su testamento. Sabemos que estuvo en sus cabales hasta el final y que tomó una decisión plenamente consciente. No vamos a impugnar el testamento. Es solo que no lo comprendemos.

—Bueno, señor Engle, pues yo tampoco. —Parnell habría llevado la calavera a la policía en menos tiempo del que lleva hablar de ella. Pero aliviaba ver que no eran tan obtusos como para impugnar el testamento y provocar así un fastidio y un daño interminables. Yo sabía cómo era Lawrenceton. La gente de mente ociosa empezaría a preguntar por qué Jane Engle le dejó todo a una joven a la que ni siquiera conocía muy bien. La especulación aumentaría desenfrenadamente; ni siquiera era capaz de imaginar las justificaciones que se inventaría la gente para explicar un legado tan inexplicable. La gente hablaría de todos modos, pero cualquier disputa sobre el testamento daría un feo giro a la discusión.

Al contemplar a Parnell Engle y su silenciosa esposa, con sus quejas y ropas desaliñadas, de repente me pregunté si no habría recibido todo ese dinero por la inconveniencia de tener que lidiar con la calavera. Lo que Jane le había dicho a Bubba Sewell podría haber sido una pantalla de humo. Pudo haber leído en mi carácter de manera exhaustiva, sobrenaturalmente exhaustiva, y saber que guardaría el secreto.

—Adiós —les despedí amablemente, antes de cerrar lentamente la puerta delantera para que no pudieran decir que se la había cerrado en las narices. Eché el pestillo meticulosamente y me dirigí hasta el teléfono. Busqué el número de Bubba Sewell y lo marqué. Para mi sorpresa, estaba disponible.

—¿Cómo van las cosas, señorita Teagarden? —preguntó, arrastrando las palabras.

—Un poco accidentadas, señor Sewell.

—Lamento oír eso. ¿En qué puedo ayudarla?

—¿Dejó Jane alguna carta?

—¿Cómo?

—Una carta, señor Sewell. ¿Me dejó alguna carta, algo que debiera recibir al mes de tener su casa, o algo parecido?

—No, señorita Teagarden.

—¿Ni una cinta? ¿Una grabación de cualquier tipo?

—No, señorita.

—¿Ha visto algo parecido en la caja de seguridad?

—No, no puedo decir que así haya sido. Lo cierto es que volví a alquilar esa caja cuando Jane empeoró en su enfermedad para depositar sus alhajas.

—¿Y nunca le contó qué había en la casa? —pregunté con cautela.

—Señorita Teagarden, no tengo la menor idea de lo que hay en la casa de la señora Engle —dijo, tajante. Muy tajante.

Lo dejé ahí. Me sentía desubicada. Bubba Sewell no quería saber nada. Si se lo decía, quizá debería hacer algo al respecto, y aún no había decidido qué.

—Gracias —contesté, desamparada—. Oh, por cierto... —Y le conté lo de la visita de Parnell y Leah.

—¿Está segura de que dijo que no quería impugnar el testamento?

—Dijo que sabía que Jane estaba en sus cabales cuando lo redactó, pero que solo querían saber por qué había dejado las cosas así.

—¿No especificó nada de ir a los tribunales o de implicar a su abogado?

—No.

—Esperemos que hablara en serio cuando dijo saber que Jane estaba cuerda al redactar el testamento.

Y con esa feliz noticia nos despedimos.

Volví a mi sillón e intenté recuperar el hilo de mis razonamientos. No tardé en darme cuenta de que había llegado tan lejos como me era posible.

Tenía la impresión de que si averiguaba a quién perteneció la calavera, se me abrirían nuevas alternativas. Podría empezar averiguando durante cuánto tiempo estuvo la calavera en el asiento de la ventana. Si Jane había conservado la factura de quienes le pusieron la moqueta, obtendría una fecha exacta, ya que no cabía duda alguna de que la calavera ya estaba dentro cuando la pusieron. Y nadie había abierto aquello desde entonces.

Eso implicaba que tenía que regresar a casa de Jane.

Lancé un profundo suspiro.

También podía almorzar algo, recoger algunas cajas e ir a trabajar a la casa, tal como había planeado originalmente.

A esas mismas horas del día anterior era una mujer con un futuro feliz; ahora era una mujer con un secreto, y era tan extraño y macabro que me daba la sensación de tener la palabra «Culpable» escrita en la frente.

Aún estaban descargando al otro lado de la calle. Vi que metían una gran caja de cartón etiquetada con la imagen de una cuna y casi lloré. Pero hoy tenía más cosas que hacer que fustigarme por haber perdido a Arthur. Era un dolor añejo y preocupado.

Tenía que ordenar el dormitorio de Jane antes de plantearme encontrar un solo papel. Metí mis cajas, encontré la cafetera y preparé un café (que había traído de vuelta, ya que me lo había llevado esa mañana) para animarme. La casa estaba tan fría y silenciosa que casi me adormecí. Encendí la radio de la mesilla de Jane. Agh, estaba en la emisora de música ligera. Busqué en el dial la cadena pública al cabo de un segundo y empecé a empaquetar ropa con Beethoven de fondo. Registré cada prenda antes de meterla en la caja, por si encontraba cualquier cosa que explicase la presencia de la calavera oculta. No podía creer que Jane me hubiese dejado un problema como ese sin una explicación.

¿Sería que pensó que nunca la encontraría?

No, Jane pensó que la encontraría tarde o temprano. Puede que no tan pronto, pero sí en algún momento. Quizá, si no hubiese sido por el allanamiento y los agujeros del jardín (me acordé otra vez de que tenía que echarles un vistazo), no me habría preocupado, por muy misteriosos que hubiesen sido algunos de los comentarios de Bubba Sewell.

De repente me vino a la cabeza el viejo dicho: «A caballo regalado, no se le mira el dentado». Recordé la sonrisa de la calavera con meridiana nitidez y empecé a reírme.

Empaquetar la ropa de Jane no me llevó tanto tiempo como esperaba. Si algo me hubiese llamado la atención, no me habría importado quedármelo; Jane era una mujer sobria y, en cierto modo, yo también. Pero no vi nada que me hubiese gustado quedarme, salvo una o dos chaquetas de punto, tan discretas que no estaría todo el tiempo pensando que llevaba una prenda de Jane. Así que todos los vestidos y las blusas, las chaquetas, los zapatos y las faldas que habían ocupado el armario ya estaban escrupulosamente empaquetadas con destino a la beneficencia, con la fastidiosa excepción de una bata que se había caído de la percha y se había quedado en el suelo.

Todas las cajas estaban llenas hasta arriba, así que la dejé donde estaba. Metí las cajas en el maletero de mi coche y decidí darme un respiro e ir al jardín trasero para ver los daños que había hecho el intruso.

El jardín trasero de Jane estaba bien mantenido. Tenía dos bancos de piedra, demasiado calientes para sentarse en ellos en pleno junio, situados a ambos lados de un estanque para pájaros, también de piedra, rodeado de convalarias. Me di cuenta de que las convalarias empezaban a desbordarse. Alguien debió de pensar lo mismo, porque había un puñado arrancado de raíz. Ya había lidiado con convalarias anteriormente y tuve que admirar la persistencia del desconocido jardinero. Entonces me di cuenta de que ese era uno de los puntos excavados que Torrance Rideout había arreglado. Mirando alrededor más atentamente, vi que había más huecos; todos alrededor de arbustos o debajo de los bancos. Ninguno estaba en medio del césped, lo cual me supuso un alivio. Tuve que sacudir la cabeza al ver aquello; ¿alguien había considerado seriamente que Jane excavó un agujero en su jardín para esconder una calavera? Una búsqueda bastante infructuosa después de todo el tiempo que Jane había conservado la calavera.

Aquel fue un pensamiento que me espabiló. Las personas desesperadas no son gentiles en sus formas.

Mientras exploraba el pequeño jardín, contando los agujeros junto a los arbustos que pretendían tapar la fea cerca de la escuela, fui consciente de los movimientos en el jardín trasero de los Rideout. Una mujer tomaba el sol en una enorme terraza superior, sobre una hamaca ajustable. Su figura era alta y delgada y su cuerpo, ataviado con un atractivo biquini rojo, ya había adquirido un tono tostado. Su pelo teñido de rubio pálido, que le llegaba a la barbilla, estaba recogido por una goma a juego con el biquini, e incluso las uñas parecía tenerlas pintadas del mismo tono que la prenda. Estaba elegantísima para tomar el sol en su propia terraza, suponiendo que se tratase de Marcia Rideout.

—¿Qué tal, nueva vecina? —preguntó lánguidamente, levantando con un delgado y moreno brazo un vaso de té helado y llevándoselo a la boca. Ese era el movimiento que había atisbado de reojo.

—Bien —mentí automáticamente—. ¿Y tú?

—Tirando. —Hizo otro gesto perezoso—. Acércate y así charlamos un poco.

Cuando me senté en una silla junto a ella, estiró una delgada mano y se presentó:

—Marcia Rideout.

—Aurora Teagarden —murmuré mientras le estrechaba la mano. Un gesto divertido brilló en su rostro y se desvaneció. Se quitó las gafas de sol y me lanzó una mirada directa. Sus ojos eran azul marino y estaba borracha, o al menos de camino a estarlo. Quizá dejé ver algo en mi expresión, porque enseguida se las volvió a poner. Intenté no mirar la bebida; sospechaba que no era té en absoluto, sino bourbon.

—¿Te apetece algo de beber? —ofreció Marcia Rideout.

—No, gracias —me apresuré a responder.

—Así que has heredado la casa. ¿Crees que te gustará vivir aquí?

—Aún no sé si viviré aquí —le dije, contemplando sus dedos subir y bajar por el humedecido vaso. Tomó otro sorbo.

—A veces bebo —me confesó con franqueza.

La verdad es que no sabía qué decir.

—Pero solo cuando Torrance no vuelve a casa. A veces tiene que pasar la noche en la carretera, puede que una vez cada dos semanas, más o menos. Y los días que no vuelve a casa, bebo. Muy lentamente.

—Te sentirás sola —aventuré.

Ella asintió.

—Eso creo. Ahora bien, Carey Osland, que vive al otro lado de tu casa, y Macon Turner, que vive enfrente de la mía, ellos sí que no están solos. Macon se cuela en su casa por los jardines traseros algunas noches.

—Debe de ser un tipo chapado a la antigua. —No se me ocurría ninguna razón que impidiese a Macon y a Carey disfrutar de su mutua compañía. Estaban divorciados, presumiblemente en el caso de ella, a menos que Mike Osland estuviese muerto…, lo cual me recordó la calavera, que había permanecido en el olvido, para mi alivio, durante un momento.

Mi comentario resultó gracioso para Marcia Rideout. Mientras contemplaba cómo se reía, comprobé que tenía más arrugas de las apreciables a primera vista y le subí la edad probable en siete años. Quién lo diría a la vista de su cuerpo.

—No solía tener el problema de la soledad —dijo Marcia lentamente, su diversión ya extinguida—. Solíamos tener gente alquilada en esta casa. —Hizo un gesto con la mano hacia el garaje, con su pequeña habitación construida encima—. Una vez fue una maestra del instituto, me caía bien. Le salió otro trabajo y se mudó. Luego fue Ben Greer, ese capullo que trabaja en la carnicería, ¿lo conoces?

—Sí. Es todo un capullo.

—Por eso me alegré cuando se mudó. A continuación nos vino un pintor de brocha gorda, Mark Kaplan... —Parecía que estaba perdiendo el hilo de la conversación, y tuve la sensación de que se le cerraban los ojos tras los cristales ahumados.

—¿Y qué pasó con él? —pregunté cortésmente.

—Oh, fue el único que se fue en medio de la noche sin pagar el alquiler.

—¡Dios! ¿Se largó sin más? ¿Con lo puesto? —Quizá tenía otro candidato a propietario de la calavera.

—Sí. Bueno, se llevó algunas de sus cosas. Pero nunca regresó a por el resto. ¿Estás segura de que no quieres un trago? Tengo té de verdad, ya sabes.

Marcia sonrió inesperadamente y yo le devolví el gesto.

—No, gracias. ¿Qué me estabas diciendo de tu inquilino?

—Se escapó. Y no hemos tenido a nadie más desde entonces. Torrance no quiere que le vuelva a pasar. Se ha vuelto así en los dos últimos años. Siempre le digo que tiene que ser de mediana edad. ¡Y luego esa pelea que tuvo con Jane por el árbol! —Seguí la uña roja de Marcia. Había un árbol a medio camino entre las dos casas. Curiosamente, parecía caído de un lado, visto desde la terraza de los Rideout—. Está justo en medio de la linde entre las dos propiedades —explicó Marcia. Su voz era muy profunda y pausada, muy atractiva—. Nadie en sus cabales se creería que dos adultos pudieran pelearse por un árbol.

—La gente se pelea por cualquier cosa. ¡He administrado varias casas, y la gente se pone muy quisquillosa si otro usa su aparcamiento!

—Sí, me lo creo. Bueno, como podrás ver, el árbol está un poco más cerca de la casa de Jane…, tu casa. —Marcia tomó otro trago de su bebida—. Pero Torrance odiaba esas hojas, estaba harto de barrerlas. Así que habló con Jane sobre talarlo. La verdad es que no daba sombra a ninguna de las dos casas. Bueno, a Jane le dio un ataque de histeria. Se puso como loca. Así que Torrance cortó las ramas que había sobre nuestra propiedad. Oh, Jane vino al día siguiente hecha un basilisco y le dijo: «Muy bien, Torrance Rideout, muy bonito lo que has hecho. Tenemos un asunto pendiente los dos». Me pregunto qué será. ¿Lo sabes tú?

Negué con la cabeza, fascinada con el relato y la divagación de Marcia.

—No había forma de colocar las ramas de nuevo en su sitio, estaban cortadas y bien cortadas —dijo Marcia llanamente, enfatizando su acento sureño—. De alguna manera, Torrance consiguió que Jane se calmara, pero las cosas nunca volvieron a ser las mismas entre ellos dos, aunque ella y yo seguimos hablando. Compartíamos plaza en el comité del orfanato. Me caía bien.

Me costaba imaginar a Jane tan airada. Siempre había sido una persona muy afable, incluso dulce en ocasiones, siempre educada; pero también era extremadamente consciente de su propiedad personal, muy como mi madre. Jane no tenía ni quería muchas cosas, pero lo que era suyo lo era absolutamente, y que nadie se lo tocase sin permiso. A tenor de la historia de Marcia, comprobé hasta dónde llegaba ese sentido de la propiedad. Estaba aprendiendo muchas cosas sobre ella, ahora que era tarde. No sabía que estuviera en el comité del orfanato, también llamado Casa Mortimer.

—Bueno —prosiguió Marcia lentamente—, al menos en los dos últimos años no se han llevado mal… Ella lo perdonó, supongo. Qué sueño tengo.

—Lamento que tuvierais problemas con Jane —dije, sintiendo que, de alguna manera, debía disculparme por mi benefactora—. Siempre ha sido una persona muy interesante e inteligente. —Me levanté para irme. Creía que los ojos de Marcia estaban cerrados al otro lado de las gafas.

—Qué va, sus peleas con Torrance no eran nada. Debiste ver las que tenía con Carey.

—¿Cuándo? —pregunté, intentando sonar indiferente.

Pero Marcia Rideout se había quedado dormida, su mano aún alrededor del vaso.

Volví a mis tareas, sudando bajo el sol, preocupada por que Marcia se quemase al quedarse dormida en la terraza. Pero se había embadurnado bien en aceite. Anoté mentalmente asomarme a la parte de atrás de vez en cuando para comprobar si seguía allí.

Me seguía costando imaginarme a Jane presa de la furia y lanzándose hacia alguien para dejárselo claro. Claro que yo nunca había sido propietaria de nada. Quizá ahora me comportase de la misma manera. Los vecinos pueden molestarse mucho por cosas que otros considerarían motivo de risa. Recordé a mi madre, mujer serena y elegante al estilo de Lauren Bacall, diciéndome que iba a comprar una escopeta para pegarle un tiro al perro del vecino si volvía a despertarla con sus ladridos. En vez de ello, fue a la policía y solicitó una orden judicial contra el dueño del perro después de que el comisario, un viejo amigo, fuese a su casa y se sentase en la oscuridad para escuchar los ladridos nocturnos del animal. El dueño no volvió a cruzar palabra con mi madre desde entonces, y de hecho se trasladó a otra ciudad sin que la mutua tirria disminuyese un ápice.

Me pregunté cuál sería el objeto de la disputa de Jane con Carey. No veía la relación de aquello con mi pro-

90

blema más inmediato, la calavera; lo que estaba claro era que no se trataba de la calavera de Carey Osland o de Torrance Rideout. No me imaginaba a Jane matando al inquilino de los Rideout, cualquiera que fuese su nombre, pero al menos tenía otro candidato a propietario de la calavera.

De vuelta en mi casa (no dejaba de practicar llamándola «mi casa»), empecé a buscar los papeles de Jane. Todo el mundo tiene un lugar donde guardar los cheques anulados, antiguos recibos, papeles del coche e impresos fiscales. Los encontré en el dormitorio de los invitados, clasificados por años en unas cajas de cartón con motivos florales. Jane lo guardaba todo desde hacía siete años, según pude ver. Suspiré, lancé un juramento y abrí la primera caja.

Capítulo 5

Encendí el televisor de Jane y escuché las noticias con un oído mientras seguía repasando sus papeles. Al parecer, toda la documentación relativa al coche había sido entregada ya a Parnell Engle, ya que no había ningún recibo antiguo de inspección técnica ni nada parecido. Habría sido de ayuda que Jane conservase ese tipo de documentos en una especie de categoría, me dije malhumoradamente, tratando de no pensar en mis propios papeles, amontonados de cualquier manera en cajas de zapatos, dentro del armario.

Había empezado con la caja más antigua, datada siete años atrás. Jane conservaba recibos que ahora podían tirarse sin problemas: vestidos que había comprado, visitas del exterminador de plagas, la compra de un teléfono. Empecé a clasificarlos a medida que los ojeaba, aumentando por momentos el montón de descartes definitivos.

Hay cierto placer en tirar cosas. Me encontraba concentrada en mi satisfacción, por lo que me llevó un momento darme cuenta de que estaba escuchando un ruido en el exterior. Alguien parecía estar haciendo algo en la puerta enmallada de la cocina. Me quedé quieta, sentada en el suelo del salón, escuchando con cada molécula de mi cuerpo. Estiré la mano y apagué el televisor. Poco a poco me fui relajando. Fuese lo que fuese, no lo estaban haciendo con ánimo de ocultarlo. Fuese lo que fuese ese sonido, estaba aumentando.

Puse la espalda rígida y fui a investigar. Abrí la puerta de madera con cuidado, justo cuando el ruido se repetía. Había un gato muy grande y muy naranja encaramado a la puerta enmallada, las patas muy abiertas. Eso parecía explicar las curiosas rasgaduras que había visto anteriormente en la malla.

—¿Madeleine? —dije para mi asombro.

La gata lanzó un desdeñoso maullido y saltó de la malla al escalón superior. Sin pensarlo demasiado, abrí la puerta y Madeleine se coló en la casa como un rayo.

—Quién diría que una gata tan gorda podría ser tan ágil —apunté.

Madeleine estaba ocupada husmeando por la casa, olisqueando y frotando su costado contra los marcos de las puertas.

Decir que estaba molesta sería quedarse corta. Esa gata era ahora de Parnell y de Leah. Jane sabía que no me gustaban las mascotas, para nada. Mi madre nunca me había dejado tener una, y con el tiempo sus convicciones sobre la higiene y las inconveniencias de las mascotas habían acabado influyéndome. Ahora tendría que llamar a Parnell, volver a hablar con él, llevarle la gata o esperar a que viniese a recogerla... Seguramente ella me arañaría si intentaba meterla en mi coche... Otra complicación en mi vida. Me dejé caer en una de las sillas de la cocina y apoyé la cabeza entre mis manos, deprimida.

Madeleine completó su gira por la casa y vino a sentarse delante de mí, sus patitas delanteras pulcramente cubiertas por su plumosa cola. Alzó la mirada, expectante. Sus ojos eran muy redondos y dorados, y algo en ellos me recordó a Arthur Smith. Esa mirada decía: «Soy la más dura y la más mala, no te metas conmigo». Me sorprendí lanzando media risita ante la actitud de Madeleine. De repente se agazapó e hizo saltar su montón de pelo del suelo a la mesa de la cocina, ¡donde comía Jane!, pensé horrorizada.

Desde allí podía observarme con más eficiencia. Cada vez más impaciente ante mi estúpida indecisión, Madeleine chocó su dorada cabeza contra mi mano. Le di unas palmaditas inseguras. Aún parecía esperar algo más. Intenté imaginar a Jane con la gata y creí recordar que solía acariciarla detrás de las orejas. Lo intenté. Un profundo ronroneo se desencadenó en alguna parte dentro de la gata. Entrecerró los ojos de placer. Animada por su respuesta, seguí acariciándola suavemente detrás de las orejas y luego pasé a la zona bajo la barbilla. Eso también le gustaba.

Al rato, me cansé y dejé de acariciarla. Madeleine se estiró, bostezó y saltó pesadamente desde la mesa. Caminó despacio hacia uno de los armarios y se sentó delante, lanzándome una significativa mirada por encima del hombro. Tonta de mí, me llevó unos minutos captar el mensaje. Madeleine me lanzó un maullido digno de una soprano. Abrí el armario inferior y no vi más que cazos y sartenes que había colocado yo el día anterior. Madeleine mantuvo la mirada fija. Se daba cuenta de que yo era una alumna lenta. Registré el armario superior y vi unas latas de comida para gatos. Bajé la mirada hasta Madeleine y dije feliz:

—¿Eso es lo que querías?

Ella volvió a bostezar y empezó a moverse atrás y adelante, los ojos clavados en la lata negra y verde. Busqué el abrelatas eléctrico, lo enchufé y me puse manos a la obra. Triunfal, deposité la lata en el suelo. Tras un segundo de dubitativa pausa (era evidente que no estaba acostumbrada a comer de la lata), Madeleine se lanzó al contenido. Tras otra búsqueda, encontré un cuenco de plástico, lo llené de agua y se lo puse junto a la lata. Aquello también gozaba de la aprobación de la gata.

Me dirigí hasta el teléfono para llamar a Parnell, arrastrando los pies de mala gana, pero, por supuesto, no tenía línea. Volví a acordarme de que tenía que hacer algo al respecto y miré de nuevo a la gata, que ahora se estaba acicalando con suma concentración.

—¿Qué voy a hacer contigo? —murmuré. Decidí dejarla allí esa noche y llamar a Parnell desde mi propia casa. Él podría pasarse a recogerla por la mañana. Odiaba dejarla fuera; era una gata doméstica, me acordé que me dijo Jane una vez…, aunque lo cierto era que solía distraer mi atención siempre que me hablaba de la gata. Los dueños de mascotas pueden llegar a ser un verdadero aburrimiento. Madeleine necesitaría una caja para hacer sus necesidades; sabía que Jane tenía una guardada al lado de la nevera. Ya no estaba allí. Quizá se encontraba en la clínica veterinaria donde la habían cuidado durante su enfermedad. Lo más probable es que yaciera inútil en la casa de los otros Engle en ese momento.

Revisé entre los restos que se habían amontonado tras limpiar el armario de la habitación de Jane. Encontré una caja del tamaño y la forma apropiados. La coloqué en el rincón, junto a la nevera y, mientras Madeleine observaba con suma atención, registré los armarios hasta que encontré una bolsa de arena para gatos medio llena.

Me sentí orgullosa de mí misma por poder lidiar con el inesperado problema de la gata tan rápidamente, aunque, bien pensado, parecía que Madeleine había guiado todo el proceso. Había vuelto a su casa de siempre, había logrado entrar, comer, beber y hacer sus necesidades. Ahora saltó al sillón de Jane en el salón y se hizo un ovillo antes de quedarse dormida. La contemplé durante un instante, con cierta envidia, antes de suspirar y seguir con la clasificación de documentos.

Encontré lo que quería en la cuarta caja. La moqueta había sido instalada hacía tres años. Eso quería decir que la cabeza se había convertido en calavera antes. De repente caí en una obviedad. Por supuesto que Jane no había matado a nadie y había dejado su cabeza en el asiento de la ventana nada más hacerlo, por así decirlo. La calavera ya lo era antes de que Jane forrara el asiento. Estaba dispuesta a creer que Jane tenía un lado que no conocía, ni yo ni nadie, aunque quienquiera que allanase la propiedad al menos ya tenía sus sospechas. Pero no podía creer que fuese capaz de vivir en una casa junto con una cabeza en descomposición en el asiento de la ventana. Jane no era un monstruo.

Pero ¿qué era? Doblé las rodillas y las rodeé con los brazos. Detrás de mí, Madeleine, que había observado a Jane más que nadie, bostezó y se recolocó.

Jane era una mujer de setenta y muchos años, una melena gris siempre peinada con un regio moño. Nunca había llevado pantalones; siempre vestidos. Tenía una mente despierta (muy inteligente) y buenos modales. Se interesó en los asesinatos auténticos desde una distancia segura; sus casos favoritos eran todos de la época victoriana o anteriores. Su madre fue adinerada y gozó de una posición preeminente en la sociedad de Lawrenceton, pero Jane se había comportado como si no tuviese ninguna de esas dos cosas. No obstante, de alguna parte había heredado un fuerte sentido de la propiedad. Pero en cuanto a la liberación de la mujer…, bueno, Jane y yo habíamos tenido nuestras discusiones al respecto. Jane era una tradicionalista, y si bien como mujer trabajadora creyó en la igualdad de salarios por el mismo trabajo, no desarrolló otros aspectos de la reivindicación feminista. «Las mujeres no tienen que enfrentarse a los hombres, cielo», me había dicho una vez. «Las mujeres siempre pueden sortearlos». Tampoco había sido una persona de fácil perdón; si se enfadaba mucho y no recibía una disculpa adecuada, era capaz de mantener la disputa durante el tiempo que fuese necesario, pero ni siquiera era consciente del rencor que era capaz de mantener, según pude observar. De haberlo sido, lo habría combatido, como hizo con otros rasgos suyos que no consideraba muy cristianos. ¿Qué más había sido? Convencionalmente moral, fiable y con un inesperadamente astuto sentido del humor.

De hecho, dondequiera que estuviese Jane ahora, estaba dispuesta a apostar a que me estaba mirando y se estaba riendo. De mí, con su dinero, su casa, su gata y su calavera.

Tras clasificar más documentos (pensé que, ya que estaba, podía terminar lo que había empezado), me levanté y me estiré. Fuera estaba lloviendo, descubrí para mi sorpresa. Me senté en el asiento de la ventana y oteé por las rendijas de la persiana. La lluvia arreció y empezaron a retumbar los truenos. Las luces de la pequeña casa blanca con persianas amarillas de enfrente se encendieron. Vi que

Lynn seguía desempaquetando cajas, moviéndose lenta y torpemente. Me pregunté qué se sentiría estando embarazada, si alguna vez lo sabría. Finalmente, por razones que no era capaz de discernir, mis sentimientos por Arthur se apagaron y el dolor se disipó. Cansada de bucear entre papeles de una vida que había terminado, pensé en mi propia vida. Vivir sola a veces era divertido, pero no quería que fuese así para siempre, como le pasó a Jane. Pensé en Robin Crusoe, el escritor de novelas de misterio, que abandonó la ciudad cuando mi romance con Arthur cogió impulso. Pensé en Aubrey Scott. Estaba cansada de sentirme sola con mi estrambótico problema. Estaba cansada de estar sola, punto.

Rápidamente, me obligué a cambiar de pensamiento.

Había algo innegablemente agradable en contemplar la lluvia de fuera a solas desde mi casa, consciente de que no debía ir a ninguna parte si no quería hacerlo. Estaba rodeada de libros en una habitación acogedora; podía leer el que me apeteciera. «Venga», me dije con valentía. «¿Qué vas a hacer?». Casi decidí ponerme a llorar, pero preferí levantarme de un salto, buscar un estropajo y limpiar el baño. Ningún lugar es realmente tuyo hasta que limpias el baño. La casa de Jane se hizo mía, aun temporalmente, esa tarde. Limpié, ordené, tiré e hice inventario de todas las cosas. Abrí una lata de sopa y la calenté en mi cazo sobre mi fogón. Me la comí con mi cuchara. Madeleine se acercó a la cocina cuando oyó los ruidos y saltó sobre la mesa para verme comer. Esta vez no me horroricé. Levanté la vista sobre el libro que había sacado de los estantes de Jane y lancé unas cuantas observaciones a Madeleine mientras comía.

Aún llovía mientras lavaba el cuenco, el cazo y la cuchara, así que decidí sentarme en el sillón de Jane, en el salón, contemplando la lluvia y preguntándome qué hacer a continuación. Al cabo de un rato, la gata se acomodó en mi regazo. No sabía qué pensar acerca de las libertades que se estaba tomando, pero decidí darle una oportunidad. Le acaricié el suave pelaje y noté que se arrancaba con sus profundos ronroneos. Lo que yo necesitaba, decidí, era hablar con alguien que conociese Lawrenceton a fondo, alguien que supiera algo del marido de Carey Osland y el inquilino de los Rideout. Hasta entonces, había dado por sentado que la calavera perteneció a alguien que vivió en las cercanías, y de repente me di cuenta de que sería mejor cambiar esa presunción.

¿Por qué había pensado eso? Debía de haber una razón. Vale, Jane no habría sido capaz de desplazar ningún cuerpo a ninguna distancia. No creía que tuviese la fuerza suficiente. Pero recordé el agujero en la calavera y me estremecí, notando unas claras náuseas durante un instante. Quizá sí que hubiese tenido la fuerza suficiente para hacer eso. ¿Se había encargado ella misma de la decapitación? Ni siquiera era capaz de imaginarlo. Era verdad que los estantes de Jane, al igual que los míos, estaban repletos de historias de personas que habían hecho cosas horribles y habían pasado desapercibidas durante largos periodos de tiempo, pero era incapaz de admitir que Jane fuese así. Algo no encajaba.

Quizá fuesen mis preconcepciones a su favor. A fin de cuentas, Jane era una señora mayor.

Me sentía agotada mental y físicamente. Era hora de volver a mi casa. Me quité a la gata de encima, para su disgusto, y rellené su cuenco de agua mientras apuntaba mentalmente que debía llamar a Parnell. Llené mi coche de cosas para tirar o regalar, eché un último vistazo y me marché.

Por Navidad, mi madre me había regalado un contestador automático, y su luz estaba parpadeando cuando entré en la cocina. Me apoyé en la encimera mientras pulsaba el botón para escuchar mis mensajes.

«Roe, soy Aubrey. Lamento no haberte localizado. Hablamos luego. ¿Vendrás a la iglesia mañana?».

Oh, oh. Mañana era domingo. Quizá debería ir a la iglesia episcopaliana. Pero, como no siempre iba allí, ¿no sería un poco forzado aparecer justo después de tener una cita con el pastor? Por otro lado, me estaba invitando personalmente, y no quería dañar sus sentimientos si no me presentaba... Demonios.

«¡Hola, cariño! ¡John y yo nos lo estamos pasando muy bien y hemos decidido quedarnos unos días más! Pásate por la oficina y asegúrate de que nadie holgazanea, ¿vale? Llamaré a Eileen, pero creo que todos se impresionarían más si fueses tú personalmente. ¡Hasta luego! ¡No te vas a creer lo morena que estoy!».

Todo el mundo en la oficina de mi madre pensaba que yo era una advenediza y que no tenía la menor idea de propiedades inmobiliarias, aunque no era un tema aburrido. Era solo que no me apetecía trabajar a jornada completa para mi madre. Bueno, me alegraba de que se lo estuviese pasando tan bien en su segunda (literalmente) luna de miel y de que se hubiese tomado unas vacaciones. Eileen Norris, su segunda al mando, probablemente estuviese lista para el regreso de mi madre. Su fuerza de carácter y su encanto siempre hacían que las cosas pareciesen más sencillas.

«Roe, soy Robin». Contuve el aliento y casi abracé el contestador automático para no perderme una palabra. «Me voy esta noche a Europa durante casi tres semanas, de barato y sin reservas, así que no sabré ni dónde ni cuánto estaré. El año que viene ya no trabajaré en la universidad. James Artis se ha recuperado de su infarto, así que no tengo muy claro lo que haré. Te llamaré cuando vuelva. ¿Estás bien? ¿Qué tal Arthur?».

—Está casado —le dije a la máquina—. Está casado con otra.

Rebusqué frenéticamente en el cajón de los trastos.

—¿Dónde está la agenda? ¿Dónde está la maldita agenda? —murmuré. Mis nerviosos dedos finalmente dieron con ella. La revisé, di con la página que buscaba y marqué los números con el mismo frenesí.

Tono. Tono.

—¿Diga? —dijo una voz de hombre.

—¿Robin?

—No, soy Phil. Estoy subarrendado en el apartamento de Robin. Él se ha ido a Europa.

—Oh, no —gemí.

—¿Quieres que le dé un mensaje? —se ofreció la voz, ignorando con gran tacto mi despliegue emocional.

—¿Va a volver a ese apartamento? ¿Es algo seguro?

—Sí, sus cosas están todavía aquí.

—¿Puedo fiarme de ti? ¿Podrás darle un mensaje dentro de tres semanas o cuando sea que vuelva?

—Lo intentaré —dijo la voz con un toque de humor.

—Es importante —advertí—. Lo es para mí, en todo caso.

—Vale, dispara. Tengo papel y lápiz aquí mismo.

—Dile a Robin —señalé, pensando mientras hablaba— que Roe, R-O-E, está bien.

—Roe está bien —repitió la voz, obediente.

—Dile también —proseguí— que Arthur se ha casado con Lynn.

—Vale, lo tengo… ¿Algo más?

—No, gracias. Eso es todo. Asegúrate de que le llega.

—Bueno, lo he apuntado en un bloc nuevecito en el apartado de «Mensajes para Robin», y lo dejaré junto al teléfono hasta que vuelva —dijo la voz tranquilizadora de Phil.

—Lamento parecer tan… Bueno, como si creyese que vas a tirar el mensaje a la cesta de la ropa sucia, pero es que esta es la única manera que tengo de contactar con él.

—Oh, lo comprendo —contestó Phil educadamente—. Estate tranquila, lo recibirá.

—Gracias —dije débilmente—. Te debo una.

—Adiós —se despidió Phil.

—¿Parnell? Soy Aurora Teagarden.

—Oh, vaya, ¿qué puedo hacer por usted?

—Madeleine se ha presentado hoy en casa de Jane.

—¡Esa maldita gata! La hemos buscado por todas partes. Notamos su ausencia hace un par de días y lo hemos pasado fatal. Jane adoraba a ese maldito animal.

—Bueno, pues ha vuelto a casa.

—Tenemos un problema. No se quedará con nosotros, Aurora. La hemos encontrado dos veces que se ha escapado ya, pero no podemos pasarnos la vida buscándola. De hecho, mañana nos vamos de la ciudad durante dos semanas, a nuestra casa veraniega en Beaufort, Carolina del Sur, y la pensábamos llevar al veterinario, solo para asegurarnos de que todo está en orden. Aunque los animales se cuidan muy bien ellos solos.

¿Cuidarse ellos solos? ¿De verdad los Engle esperaban que la mimada de Madeleine cazase sus propios ratones y pescase su propio pescado durante dos semanas?

—¿He oído bien? —dije, permitiendo que la incredulidad impregnase mi voz—. No, creo que lo mejor será que se quede en casa esas dos semanas. Puedo alimentarla y limpiar su caja de arena cuando pase por allí.

—Bueno —contestó Parnell, dubitativo—, ya no le queda mucho tiempo.

¿La gata se estaba muriendo? Oh, Dios mío.

—¿Es lo que ha dicho el veterinario? —pregunté asombrada.

—Así es —confirmó Parnell, igual de asombrado.

—La verdad es que está bastante gorda para ser una gata enferma —dudé.

No entendí por qué de repente Parnell Engle se echó a reír. Era una risa un poco ronca y áspera, pero le salía de las entrañas.

—Sí, señorita —convino con cierta alegría—. Madeleine está gorda para ser una gata enferma.

—Entonces me la quedaré —dije con incertidumbre.

—Oh, sí, señorita Teagarden, muchas gracias. Nos veremos cuando volvamos.

Aún luchaba por controlar sus toses cuando colgó. Hice lo propio y agité la cabeza. Algunas personas no tienen arreglo.

Capítulo 6

Mientras recogía de mi puerta el ejemplar dominical del periódico que raramente leía, sabía que la temperatura ya rondaba los treinta grados. El periódico preveía una máxima de treinta y seis para ese día, pero pensé que el pronóstico se había quedado corto. Mi aire acondicionado ya estaba zumbando. Me duché y, poco convencida, me ondulé el pelo con el rizador, intentando llevar un poco de orden al caos. Me hice un café y preparé el desayuno (un panecillo dulce al microondas) mientras echaba un vistazo a los titulares. Me encantan las mañanas de domingo si consigo levantarme lo suficientemente temprano para disfrutar del periódico. Aunque tengo mis límites: solo leo la sección de sociedad si pienso que mi madre aparecerá en ella, y paso absolutamente de las que se refieren a las tendencias de la siguiente temporada. La madre de Amina Day era propietaria de una tienda de ropa de mujer que había bautizado como Great Day*,

---

* «Gran día» en inglés. Se entiende también que es un juego de palabras con el apellido (N. del T.).

y siempre había preferido dejarme aconsejar directamente por ella. Influida por la señora Day, había empezado a desembarazarme de mis prendas de bibliotecaria, mis blusas y mis faldas intercambiables de colores lisos. Ahora, mi fondo de armario era un poco más variado.

Tras apurar el periódico, subí las escaleras y me lavé las gafas en el cuarto de baño. Mientras se secaban, bizqueé, como miope que era, hacia el armario. ¿Qué era lo más adecuado para la novia de un pastor? La manga larga se me antojaba imprescindible, pero hacía demasiado calor. Repasé las perchas que pendían de la barra, tarareando desafinadamente, ensimismada. ¿No debía ser la novia de un pastor vivaz a la par que modesta? Aunque quizá, cerca de los treinta, ya era un poco mayor para ponerme vivaz.

Durante un vertiginoso instante imaginé toda la ropa que podía comprar con mi herencia. Tuve que sacudirme un poco para regresar a la realidad y seguir revisando el armario que tenía aquí y ahora. ¡Allá vamos! Una blusa camisera azul marino, sin mangas, con grandes flores blancas estampadas. Iba con una falda larga, collar y cinturón blancos. Sería perfecto, a juego con mi bolso y mis sandalias blancas.

Ya vestida, con el maquillaje puesto, me volví a poner las gafas y escruté el resultado. El pelo se me había tranquilizado lo suficiente como para parecer convencional, y las sandalias me alargaban considerablemente las piernas. Aunque eran una tortura para caminar, y mi tolerancia para el tacón alto caducaría justo después de asistir a la iglesia.

Caminé tan rápida y seguramente como pude desde la puerta trasera, atravesando el patio, para salir por la verja, hasta el coche, que se encontraba bajo un refugio que cobijaba a todos los coches de los propietarios. Abrí la puerta del conductor de par en par para que se escapase el terrible calor. Al cabo de un minuto, me subí y encendí el aire acondicionado justo después de arrancar el motor. Había trabajado demasiado en mi aspecto como para permitirme llegar a la iglesia episcopaliana embadurnada en sudor.

Acepté una hoja informativa que me tendió un ujier y me senté a una cuidadosamente calculada distancia del púlpito. La pareja de mediana edad del otro extremo del banco me echó una mirada con abierto interés y sendas sonrisas de bienvenida. Les devolví el gesto antes de sumergirme en las indicaciones del himno y el libro de plegarias. Un largo acorde marcó la entrada de sacerdote, acólito, lector laico y coro, y me levanté al igual que el resto de la congregación.

Aubrey estaba guapísimo en sus prendas religiosas. Me fui perdiendo en un embriagador sueño con los ojos abiertos en el que era la esposa del pastor. Me sentía muy rara al haber besado al hombre que conducía el servicio. A continuación, me centré absolutamente en entender el libro de plegarias y dejé de pensar en Aubrey por un momento. Un detalle sobre los episcopalianos: no se pueden dormir durante el servicio a menos que sean cabezadas breves. Hay que levantarse y volver a sentarse demasiadas veces, responder y desplazarse hasta el borde del altar para comulgar. Es un servicio muy ocupado, nada que ver con los de otras iglesias, donde los feligreses son meros espectadores. Y eso que había estado en todas las iglesias de Lawrenceton, salvo quizá una o dos de las negras.

Procuré escuchar con gran atención el sermón de Aubrey, ya que lo más probable es que más tarde tuviera que hacer algún comentario inteligente. Para mi satisfacción, fue un sermón excelente, con algunos argumentos sólidos acerca de las relaciones de trabajo de las personas y también de cómo deberían amoldarse a las enseñanzas religiosas, así como también de las relaciones personales. ¡Y no empleó ni un solo símil deportivo! Mantuve la mirada cuidadosamente baja cuando subí a comulgar y procuré pensar en Dios antes que en Aubrey cuando puso la oblea en mi mano.

Mientras replegábamos los reclinatorios, vi a una de las parejas que estuvieron hablando con Aubrey mientras guardábamos cola en el cine. Me sonrieron y saludaron con la mano y siguieron conversando con la pareja con la que había compartido banco. Después, me sonrieron más radiantemente y la pareja del cine me presentó a la pareja del banco, que me bombardearon con veinte preguntas en tiempo récord para hacer un completo repaso a la nueva querida del pastor.

Me sentía un poco fuera de lugar; lo cierto es que solo habíamos salido una vez. Empecé a desear no haber ido, pero me lo había pedido Aubrey y lo cierto es que había disfrutado del servicio. Al parecer, ahora tenía que pagar el peaje, ya que no veía que fuese a salir muy pronto de allí. La gente había formado un cuello de botella cerca de la puerta de la iglesia, estrechando la mano e intercambiando charlas breves con Aubrey.

—Qué buen sermón —le dije cálidamente cuando finalmente me llegó el turno. Me estrechó la mano con las dos suyas durante un momento, apretó y me soltó. Un gesto sutil y fugaz para demostrarme que era especial, pero sin presumir demasiado.

—Gracias, y gracias también por venir —respondió—. Si vas a estar en casa esta tarde, me gustaría llamarte.

—Si no estoy, deja un mensaje en el contestador y te devolveré la llamada. Quizá tenga que volver a la casa.

Comprendió que me refería a la casa de Jane y asintió, dirigiéndose a la anciana que iba detrás de mí con un alegre: «¡Hola, Laura! ¿Qué tal vas de la artritis?».

Mientras abandonaba el aparcamiento de la iglesia, sentí una marcada desilusión. Supongo que pensé que Aubrey me propondría acompañarle al almuerzo dominical, un gran evento social en Lawrenceton. Mi madre siempre me había invitado a comer los domingos cuando estaba en casa, y me pregunté, no por primera vez, si aún seguiría siendo así tras el regreso de su luna de miel con John Queensland. John era socio del club de campo. Quizá quisiera llevarse a mi madre allí.

Estaba tan desanimada cuando entré en casa por la puerta trasera que me alegró ver que la luz del contestador parpadeaba.

—Hola, Roe, soy Sally Allison. ¡Hace mucho que no nos vemos, nena! Oye, ¿qué es eso que he oído sobre que has heredado una fortuna? Ven a almorzar conmigo si escuchas esto a tiempo o llámame cuando puedas y quedamos para otro día.

Abrí mi agenda por la A, busqué el número de Sally y pulsé la combinación de teclas que lo formaba.

—¡Diga!

—Sally, acabo de escuchar tu mensaje.

—¡Genial! ¿Estás libre para almorzar ahora que tu madre sigue de luna de miel?

Sally lo sabía todo.

—Pues la verdad es que sí. ¿Qué has pensado?

—Oh, vente a casa. Me aburría tanto que he hecho un asado con patatas y una ensalada. Me gustaría compartirlo con alguien.

Sally era una mujer soltera, como yo. Pero también estaba divorciada, y era sus buenos quince años mayor que yo.

—Estaré allí en veinte minutos, tengo que cambiarme. Los pies me están matando.

—Pues ponte lo primero que veas cuando abras el armario. Yo me he puesto los pantalones cortos más viejos que he encontrado.

—Vale, hasta luego.

Me quité el vestido azul y blanco y me desprendí de esas incómodas sandalias. Me puse unos pantalones cortos tono oliva y una blusa a juego con unas sandalias mexicanas y bajé las escaleras. Llegué a casa de Sally en veinte minutos.

Sally era reportera en un periódico, la veterana de un matrimonio fugitivo a la edad equivocada que la había dejado con un hijo que criar y una reputación que ganarse. Era una buena reportera, y se aferró (hace algo más de un año) a la esperanza de que informar acerca de los asesinatos múltiples de Lawrenceton le granjearía una oferta laboral ventajosa desde Atlanta; pero eso nunca ocurrió. Sally era una curiosa insaciable y conocía a todo el mundo en la ciudad, y todo el mundo sabía que, para saber lo que pasaba de verdad, Sally era la persona con quien había que hablar. Habíamos pasado por nuestros altibajos como amigas, los momentos buenos cuando compartimos presencia en Real Murders, y casi todos los malos mientras Sally intentó hacerse un nombre profesional a escala nacional, o al menos regional. Había sacrificado muchas cosas en esa apuesta por una vida profesional más luminosa y, cuando la apuesta no salió, lo pasó mal. Pero ahora Sally estaba enmendando sus errores locales, y estaba tan metida en los engranajes del poder local como nunca lo había estado. Si sus informes periodísticos no habían conseguido sacarla de la ciudad, al menos le habían permitido ganar más influencia en ella.

Siempre había visto a Sally muy bien vestida, con trajes caros y zapatos que le duraban mucho. Cuando llegué a su casa, vi que Sally era una ahorradora, como quien dice. Su pequeña casa no era tan bonita como la de Jane y estaba situada en un barrio donde no se cuidaba tanto del césped. Su coche no había sido lavado en semanas y yacía en su polvoriento esplendor a la intemperie. Meterse ahí debía de ser como entrar en un horno. Pero la casa era fresca, con varios aires acondicionados en las ventanas que lanzaban una gélida corriente que casi congeló el sudor de mi frente.

El pelo de Sally estaba tan perfecto como siempre. Era como si pudiese quitárselo y ponérselo sin que uno solo de sus broncíneos rizos se descolocara. Pero en vez de uno de sus habituales trajes clásicos, Sally vestía unos pantalones cortos y una vieja camiseta de trabajo.

—¡Chica, qué calor hace! —exclamó mientras me dejaba pasar—. Me alegro de no tener que trabajar hoy.

—Hace buen día para quedarse en casa —convine, paseando una mirada curiosa por la casa. Nunca había entrado en ella antes. Estaba claro que la decoración le importaba un bledo. El sofá y los sillones estaban tapados con unas colchas de lo más desafortunadas, y la mesa de centro estaba llena de rodales. Mi ojo de administradora inmobiliaria me reveló que toda la casa necesitaba una mano de pintura. Pero la librería estaba maravillosamente nutrida de los volúmenes favoritos de Crimen Organizado de Sally, y el olor proveniente de la cocina era delicioso. Se me hizo la boca agua.

Pero, claro, tendría que pagar por esa suculenta comida con información, aunque quizá mereciese la pena.

—¡Vaya, eso huele de maravilla! ¿Cuándo estará listo?

—Ahora estoy con la salsa. Acompáñame y charlemos mientras la remuevo. ¿Una cerveza? Tengo algunas botellas frías.

—Claro, tomaré una. Mientras esté helada…

—Toma, bebe un poco de agua fría antes para quitarte la sed y luego bebe la cerveza para regalarte el paladar.

Me bebí el vaso de agua de un trago y desenrosqué el tapón de la botella de cerveza. Sally había sacado uno de esos agarradores de botella sin que tuviese siquiera que pedirlo. Cerré los ojos para apreciar cómo caía la cerveza fría por mi garganta. No suelo beber cerveza en ninguna otra época del año, pero si hay una bebida hecha para el verano en el sur, es esa. Cerveza muy fría.

—Oh —murmuré, feliz.

—Ya lo sé. Si no me controlase, me bebería un paquete de seis botellas completo mientras cocino.

—¿Quieres que ponga la mesa o algo?

—No, ya lo he preparado todo, creo. En cuanto la salsa esté lista… Oh, a ver las galletas…, sí están bien doraditas…, podemos empezar a comer. ¿He sacado la mantequilla?

Eché un vistazo a la mesa, que estaba a un par de metros del fogón. Sally debía de haberse cocido ahí.

—Ahí está —le dije.

—Vale, pues allá vamos. Asado, galletas, patatas asadas y ensalada. Y de postre… —Sally destapó una bandeja, triunfal—. ¡Pastel rojo de queso!

—Sally, estás inspirada. Hacía años que no lo comía.

—Es una receta de mi madre.

—Esas son siempre las mejores. Eres muy lista. —Un buen cumplido sureño que podía significar prácticamente cualquier cosa, pero en esta ocasión era literal. No soy una persona que suela cocinar menús completos para sí misma. Sé que la gente soltera debe cocinar menús completos, poner la mesa y actuar como si tuviesen compañía, vale, pero ¿cuántos solteros lo hacen realmente? Al igual que Sally, cuando cocino para una comida importante, deseo que otros puedan apreciarla y disfrutar de ella.

—Bueno, ¿qué es eso de ti y el cura?

Directa al grano.

—Sally, al menos espera a que haya comido algo —dije—. ¿Lo valdrá el asado?

—¿Qué?

—Oh, Sally, en realidad no es nada. He tenido una cita con Aubrey Scott, fuimos al cine. Nos lo pasamos bien y me pidió que asistiese a su iglesia, cosa que hice.

—¿Fuiste? ¿Cómo fue su sermón?

—Muy bueno. Tiene la cabeza bien amueblada, de eso no cabe duda.

—¿Te gusta?

—Sí, me gusta, pero eso es todo. Qué me dices de ti, Sally, ¿sales con alguien?

Sally siempre estaba tan ocupada haciendo preguntas a los demás que rara vez se las hacía a sí misma. Parecía bastante satisfecha.

—Bueno, ya que lo preguntas, sí.

—Pues cuéntame.

—Te va a hacer gracia, pero salgo con Paul Allison.

—¿El hermano de tu marido?

—Sí, ese Paul Allison —dijo, agitando la cabeza, como si estuviese asombrada ante su propia locura.

—Me has dejado sin aliento. —Paul Allison era policía, un detective unos diez años mayor que Arthur (no muy de su agrado o del de Lynn, si no recordaba mal). Paul era un solitario, un hombre que nunca se había casado y que abrazó la camaradería del cuerpo de policía con mucho gusto. Tenía un decreciente pelo marrón, hombros anchos, agudos ojos azules y aire audaz. Lo había visto en muchas fiestas a las que asistí con Arthur, pero nunca lo había visto con Sally.

—¿Cuánto tiempo lleváis juntos? —pregunté.

—Unos cinco meses. Estuvimos en la boda de Arthur y Lynn. Intenté pillarte entonces, pero te fuiste de la iglesia antes de dar contigo. ¿Cómo es que no te vi en la recepción?

—Tenía un horrible dolor de cabeza y creí que estaba incubando una gripe. Me fui a casa.

—Oh, pues fue una recepción como otra cualquiera. Jack Burns se pasó con la bebida y quiso arrestar a uno de los camareros, a quien recordaba haber metido en prisión por asuntos de drogas.

Ahora me alegraba incluso más de habérmela perdido.

—¿Qué tal Perry? —pregunté sin demasiado entusiasmo tras una pausa. Lamentaba sacar el tema del pobre y enfermo Perry, pero era de obligada cortesía.

—Gracias por preguntar —dijo—. Mucha gente ni siquiera se atreve por ser un enfermo mental en vez de tener cáncer o algo así. Pero sí que aprecio que se haga, y voy a verlo todas las semanas. No quiero que la gente se olvide de que sigue vivo. En serio, Roe, la gente actúa como si hubiese muerto solo porque está mentalmente enfermo.

—Lo lamento, Sally.

—Bueno, que sepas que agradezco que me preguntes. Está mejor, pero aún no está listo para salir. Puede que dentro de otros dos meses. Paul me ha estado acompañando a verlo las últimas tres o cuatro veces.

—Debe de quererte mucho, Sally —le dije de corazón.

—Bueno —respondió y se le iluminó la cara—, ¡la verdad es que eso creo! Trae tu plato, creo que está listo.

Nos servimos en el fogón, lo cual me pareció muy bien. Ya en la mesa, untamos nuestras galletas con mantequilla y bendijimos la comida antes de lanzarnos como si nos estuviésemos muriendo de hambre.

—Supongo —dije tras declarar a Sally lo bueno que me parecía todo— que querrás que te cuente cosas de la casa de Jane.

—¿Tanto se me nota? Bueno, lo cierto es que algo había oído, ya sabes que todo el mundo habla, y pensé que preferirías que te preguntase directamente antes de aceptar cualquier versión de segunda mano.

—¿Sabes?, tienes razón. Preferiría que supieses la verdad y lejos de los circuitos del cotilleo. Me pregunto quién ha empezado a hablar.

—Eh, bueno…

—Parnell y Leah Engle —aventuré de repente.

—Has acertado a la primera.

—Está bien, Sally. Te voy a dar una exclusiva local. Esto no tiene que llegar de ninguna manera al periódico, pero hablas con todo el mundo, así que les puedes dar la versión de primera mano.

—Soy toda oídos —dijo Sally con una expresión absolutamente seria.

Así que le relaté la historia editada y enmendada, pasando por alto la cantidad de dinero, por supuesto.

—¿Y sus ahorros también? —preguntó Sally, celosa—. Pero qué suerte tienes. ¿Y es mucho?

La alegría volvió a envolverme, como hacía de vez en cuando, siempre que me olvidaba de la calavera y recordaba el dinero. Sonreía abiertamente.

Sally cerró los ojos, tratando de imaginar cómo se sentiría si de repente fuese la dueña de tanto dinero.

—Es genial —dijo como en una ensoñación—. Me siento bien solo de saber que le ha pasado a alguien. Es como ganar la lotería.

—Sí, salvo que Jane tuvo que morir para que me tocase el gordo.

—Dios mío, chica, era mayor como ella sola.

—Oh, Sally, la gente puede envejecer mucho más hoy en día. Apenas rondaba los setenta.

—Eso es mucho. Yo no duraré tanto.

—Pues espero que sí —dije tibiamente—. Quiero que me vuelvas a hacer unas galletas.

Hablamos un poco más sobre Paul Allison, quien al parecer estaba haciéndola muy feliz. Luego le pregunté por Macon Turner, su jefe.

—Tengo entendido que se está viendo con mi no sé si llamarla nueva vecina, Carey Osland —dije casualmente.

—Están como locos el uno con la otra, y no es reciente —respondió Sally con un amplio asentimiento—. Esa Carey es muy atractiva para el sexo opuesto. Tiene un dilatado historial de novios... y maridos.

Comprendí lo que quería decir a la perfección.

—¿Ah, sí?

—Por supuesto. Primero se casó con Bubba Sewell, cuando él era un don nadie, apenas un abogado recién salido de la universidad. Eso se torció y se casó con Mike Osland, quien, por los clavos de Cristo, se fue una noche a por pañales y nunca volvió. Todos sintieron mucha lástima por ella cuando la abandonó su marido, y yo, al haber compartido en cierto modo experiencia, no fui menos. Pero no dejo de pensar que quizá tuviera una razón para salir corriendo.

Mi atención se agudizó. Varios escenarios desfilaron en mi mente. El marido de Carey mata a su amante y huye. El amante podría haber sido Mark Kaplan, el desaparecido inquilino de los Rideout, o un desconocido. O quizá Mike Osland podría haber sido el propietario de la calavera, reducido a ese estado a manos del amante de Carey o la propia Carey.

—Pero tiene a una cría en casa —dije en honor a la justicia.

—Me pregunto qué le dirá a esa niña cuando tenga compañía nocturna —contestó Sally, sirviéndose más asado.

No me gustaba ese giro de la conversación.

—Pues fue muy maja conmigo cuando se pasó para darme la bienvenida al vecindario —empecé, con el tono adecuado para terminar la frase en ese punto. Sally me lanzó una mirada elocuente y me preguntó si quería más asado.

—No, gracias —dije, lanzando un suspiro para indicar que estaba llena—. Estaba buenísimo.

—Lo cierto es que Macon está más tratable en la oficina desde que sale con Carey —explicó Sally bruscamente—. Empezó a verse con ella cuando se fue su hijo, y la verdad es que le ha ayudado mucho a llevarlo.

—¿Qué hijo? —No recordaba que mi madre me mencionase a ningún hijo durante el tiempo que estuvo saliendo con él.

—Tiene un hijo de dieciocho o diecinueve años, puede que un poco más ahora. Macon se mudó aquí después de divorciarse y se trajo al chico. Unos siete años hace de eso. Al cabo de unos meses, el chico (se llamaba Edward, creo) decidió que cogería unos ahorros que su madre le había dejado y desapareció. Le dijo a Macon que se iba a la India o algún lugar así, para meditar, comprar drogas o alguna cosa de esas. Una locura. Por supuesto, Macon cayó en una profunda depresión, pero no pudo hacer nada para detenerlo. El chico le escribió durante una temporada, incluso llamaba una vez al mes..., pero luego dejó de hacerlo. Y, desde entonces, Macon no ha visto un pelo de su hijo.

—Es terrible —afirmé, horrorizada—. ¿Sabe alguien qué le pudo pasar?

Sally sacudió la cabeza con aire pesimista.

—A saber lo que pudo pasarle yendo solo por un país cuyo idioma ni siquiera conocía.

Pobre Macon.

—¿Su padre viajó hasta allí?

—Habló de ello un tiempo, pero decidió consultarlo con el Departamento de Estado y se lo desaconsejaron. Ni siquiera sabía dónde estaba Edward cuando desapareció... Podría estar en cualquier lugar desde que escribió la última carta que recibió Macon. Recuerdo que alguien de la embajada de allí se desplazó hasta el último sitio desde el que escribió Edward y, según lo que le dijeron a Macon, aquello estaba lleno de europeos que iban y venían, y nadie se acordaba de Edward. Al menos eso era lo que contaban.

—Eso es horrible, Sally.

—Y tanto. Creo que estar en un hospital mental, como Perry, es mucho mejor, en serio. ¡Al menos sé dónde está!

Una verdad indiscutible.

Perdí la mirada en mi botella de cerveza. Otro desaparecido que añadir a la lista. ¿Eran los últimos restos de Edward Turner lo que había guardado en la bolsa de la manta de mi madre? Dado que Macon le había dicho a todo el mundo que supo del muchacho después de su marcha, Macon debía de ser el culpable. Sonaba a final de telenovela.

—No se pierda el episodio de mañana —murmuré.

—Es como un folletín —comulgó Sally—, pero trágico.

Empecé a preparar mi partida. La comida estaba buenísima; la compañía, al menos, interesante y a veces incluso divertida. Esta vez, Sally y yo nos despedimos razonablemente satisfechas la una con la otra.

Al salir de la casa de Sally, recordé que debía comprobar cómo estaba Madeleine. Hice una parada en la tienda y compré algo de comida para gatos y otro saco de arena. Entonces me di cuenta de que aquello tenía pinta de algo permanente en vez de un apaño de dos semanas, mientras los Engle disfrutaban de sus vacaciones en Carolina del Sur.

Al parecer, tenía una mascota.

Lo cierto es que estaba deseando volver a ver al animal. Abrí la puerta de la cocina de la casa de Jane con la mano que me quedaba libre, la otra ocupada con las bolsas de la tienda.

—¿Madeleine? —llamé. Ninguna dictadora ronroneante vino a recibirme—. ¿Madeleine? —repetí, algo más insegura.

¿Se habría escapado? La puerta trasera estaba cerrada, las ventanas también. Miré en el dormitorio de invitados, ya que el intruso se había colado por ahí, pero la ventana nueva seguía intacta.

—¿Gatita? —dije con un deje melancólico. Y en ese momento creí oír un ruido. Temiendo no sé qué, me asomé al dormitorio de Jane. De nuevo ese ruido. ¿Le había hecho alguien daño a la gata? Empecé a temblar. Estaba segura de que iba a encontrarme con un horror. Había dejado la puerta del armario de Jane medio abierta, y estaba segura de que el ruido provenía del interior. Abrí la puerta del todo con el aliento contenido y los dientes apretados.

Madeleine, aparentemente intacta, estaba hecha un ovillo sobre la bata de Jane, que se había caído al fondo del armario mientras empaquetaba la ropa. Estaba tumbada de lado, los músculos tensos.

Estaba pariendo.

—¡Ay, madre! ¡Ay, madre, ay, madre, ay, madre! —Me dejé caer sobre la cama. La energía parecía haberme abandonado. Madeleine me lanzó una dorada mirada y siguió a lo suyo—. ¿Por qué yo, Señor? —pregunté con autocompasión, aunque me daba la sensación de que Madeleine podría decir lo mismo si pudiera. En realidad, aquello era bastante interesante. ¿Le importaría que observara? Al parecer no, porque no siseó ni intentó arañarme cuando me senté en el suelo, justo en la puerta del armario, para hacerle compañía.

Por supuesto, Parnell Engle estaba perfectamente enterado de la preñez de Madeleine, y de ahí su satisfacción cuando le dije que me la quedaría un tiempo.

Lo sopesé durante unos segundos, intentando decidir si eso saldaba las cuentas entre los dos. Puede que sí, ya que la gata había parido ya tres crías, y parecía que había más de camino.

No paraba de decirme que estaba presenciando el milagro del nacimiento. Aunque era algo bastante sucio. Madeleine contaba con todas mis simpatías. Lanzó una última exhalación y de ella salió otro diminuto y viscoso gatito. Deseaba dos cosas: que ese fuese el último y que la madre no tuviese ninguna dificultad, porque yo era la última persona que podía ayudarla en este mundo. Al cabo de los minutos, pensé que mis dos deseos habían quedado satisfechos. *Madeleine* se dedicó a limpiar a sus crías. Las cuatro permanecían tumbadas, apenas realizando algún movimiento casi imperceptible, los ojos cerrados, indefensas como ellas solas.

Madeleine me miró con la agotada superioridad de quien acaba de superar valientemente un gran hito. Me preguntaba si tenía sed; le traje su cuenco del agua, y el de la comida también. Se levantó al cabo del rato para beber un poco, pero no parecía interesada en comer. Volvió a acurrucarse junto a sus crías. Parecía encontrarse perfectamente, así que me levanté y fui a sentarme al salón. Me quedé mirando los estantes de los libros, preguntándome qué demonios iba a hacer con cuatro gatitos recién nacidos. En un estante, apartado de los que contenían volúmenes de asesinatos auténticos y de ficción, vi varios libros sobre gatos. Quizá esa debía ser mi siguiente lectura.

Justo encima se encontraba la colección de Jane sobre Madeleine Smith, la envenenadora escocesa y personaje favorito de Jane. Todos los que fuimos miembros de Real Murders teníamos uno o dos favoritos. La del nuevo marido de mi madre era Lizzie Borden. Yo me decantaba más por Jack el Destripador, aunque bajo ningún concepto había alcanzado el grado de «destripadoróloga».

Pero Jane Engle siempre había sido una forofa de Madeleine Smith. Madeleine había sido liberada tras no hallarse pruebas de su culpabilidad en el juicio. Casi con toda seguridad había envenenado a su pérfido examante, un funcionario, para poder casarse en su entorno de clase media alta sin que el funcionario revelara sus intimidades. El veneno era curiosamente una especie de venganza secreta; el desventurado L'Anglier se había engañado a sí mismo, creyendo que trataba con una chica del montón de su época, si bien el ardor de sus expresiones físicas de amor debería haberle hecho ver lo pasional que era. Esa pasión incluía el afán de mantener su nombre limpio y su reputación intacta. L'Anglier amenazó con mandar sus explícitas cartas de amor a su padre. Madeleine fingió pretender una reconciliación y vertió arsénico en la taza de chocolate de L'Anglier.

A falta de nada mejor que hacer, saqué uno de los libros de Smith y empecé a hojearlo. Se abrió con mucha facilidad. Tenía un post-it amarillo pegado en lo alto de una página.

La nota, con letra de Jane, decía: «Yo no lo hice».

Capítulo 7

Yo no lo hice.

Lo primero que sentí fue un abrumador alivio. Jane, que me había dejado tantas cosas, no me había dejado el muerto, por así decirlo, de un asesinato cometido por ella.

Pero sí me había dejado en la posición de ocultar un asesinato que había cometido otra persona, uno que ella también había ocultado por razones que no era capaz de vislumbrar.

Hasta entonces, había creído que la única pregunta que requería una respuesta era de quién era la calavera. Ahora tenía que averiguar también quién le había hecho el agujero.

¿Había mejorado en algo mi situación? No, decidí tras un momento de deliberación. Puede que mi conciencia pesase un gramo menos. La cuestión de si acudir a la policía adquiría un nuevo cariz ahora que significaba otra cosa que acusar a Jane de asesinar a una persona y guardar su calavera. Pero tuvo algo que ver con ello. ¡Oh, qué lío!

No era la primera vez (ni sería la última) que deseaba poder tener una conversación de cinco minutos con Jane Engle, mi benefactora y mi cruz. Intenté pensar en el dinero para alegrarme; me acordé de que el testamento estaba un poquito más cerca de su legalización y que podría gastar algo de su dinero sin tener que consultárselo a Bubba Sewell de antemano.

Y, a decir verdad, todavía me sentía de maravilla respecto a la suma. Había leído demasiadas novelas de misterio donde el detective privado devolvía un cheque porque el cliente era inmoral o porque el trabajo por el que había sido contratado contravenía su código de honor. Jane quiso que yo tuviese ese dinero para que disfrutara de él y para que la recordase. Pues allí estaba yo, recordándola cada día, santo cielo, y estaba decidida a disfrutar del dinero plenamente. Pero, mientras tanto, tenía un problema que resolver.

Tenía la sensación de que Bubba Sewell sabía algo. ¿Sería aconsejable conservarlo como mi abogado y consultarle qué hacer a continuación? ¿Bastaría la confidencialidad entre abogado y cliente para mantener en secreto que había encontrado la calavera? ¿O estaría Bubba, como funcionario judicial, obligado a revelar mi pequeño desliz? Había leído muchos misterios que probablemente contuvieran respuestas a esas preguntas, pero ahora los tenía todos enmarañados en mi cabeza. Además, seguro que las leyes variaban según el Estado.

¿Podría contárselo a Aubrey? ¿Estaría él obligado a decírselo a la policía? ¿Tendría algún consejo práctico que ofrecerme? Estaba bastante segura de cuál sería su consejo moral: tenía que llevar la calavera a la comisaría, hoy, ya. Estaba ocultando la muerte de alguien que llevaba muerto y desaparecido más de tres años, como poco. Alguien, en alguna parte, tenía que saber que esa persona había muerto. ¿Y si era el hijo de Macon Turner? Hacía mucho que Macon quería saber el paradero de su hijo y lo había estado buscando otro tanto; si existía la menor probabilidad de que sus cartas hubiesen sido falsificadas, sería inhumano ocultar el hecho a Macon.

A menos que el propio Macon hiciera ese agujero en el cráneo.

Carey Osland había creído durante todos esos años que su marido la había abandonado. Debía saber que le impidieron volver a casa con esos pañales.

A menos que la propia Carey se lo impidiera.

Marcia y Torrance Rideout tenían que saber que su inquilino no había dejado el alquiler voluntariamente.

A menos que ellos mismos cancelaran el acuerdo por lo sano.

Me puse en pie como un resorte y fui a la cocina para hacerme algo. Cualquier cosa. Por supuesto, todo lo que había estaba enlatado o en paquetes cerrados. Al final opté por un tarro de mantequilla de cacahuete y una cuchara. Metí la cuchara en el tarro y me quedé junto a la encimera lamiendo la mantequilla.

Los asesinos tenían que quedar expuestos, la verdad tenía que salir a la luz, y todo eso. Entonces se me ocurrió otra cosa: quienquiera que irrumpiera en la casa en busca de la calavera había sido el asesino.

Me estremecí. Era una idea terrible.

E incluso en ese momento, ese pequeño pensamiento fue creciendo. El asesino se estaba preguntando si ya habría encontrado la calavera y qué haría con ella.

—Mal asunto —murmuré—. Muy, muy malo.

Eso sí que era un pensamiento constructivo.

Empecemos por la zona cero.

Vale. Jane había presenciado un asesinato, o quizá cómo alguien enterraba un cuerpo. Para que se hiciera con la calavera, tenía que conocer la existencia del cadáver, ¿no? Jane sabía literalmente dónde enterraban los cuerpos. Me sorprendí sonriendo ante la gracia.

¿Por qué no se lo diría a la policía inmediatamente? Sin respuesta.

¿Por qué se quedaría con la calavera? Sin respuesta.

¿Por qué escoger el momento de la muerte de Jane para buscar la calavera, cuando era obvio que la había tenido durante años?

Posible respuesta: el asesino no estaba seguro de que Jane la tuviese.

Imaginé a alguien que hubiera cometido un terrible crimen impulsado por a saber qué pasión o apremio. Tras ocultar el cuerpo en alguna parte, el asesino descubre de repente que la calavera ha desaparecido, la calavera con su revelador agujero, con sus dientes identificables. Alguien se ha tomado la molestia de excavar y llevársela, y el asesino no sabe quién es.

Qué horrible. Casi podía compadecer al asesino. Qué miedo, qué terror, qué temible incertidumbre.

Me sacudí. Debería sentir lástima por la calavera, me dije.

¿Dónde podría haber visto Jane el asesinato?

«En su propio patio trasero». Debía saber dónde enterraron al cuerpo exactamente; presumiblemente debió de tener el tiempo libre suficiente para excavar sin interrupción o que la descubrieran; era imposible que hubiese transportado la calavera durante cierta distancia. Mi razonamiento de unos días antes seguía siendo válido, fuese Jane una asesina o no. El asesinato había tenido lugar en esa calle, en una de esas casas, en alguna parte que Jane pudiese ver.

Así que salí al patio trasero y miré.

Me vi observando los dos bancos de piedra que flanqueaban el estanque para aves. A Jane siempre le había gustado sentarse allí por las tardes, recordé que me dijo una vez. A veces los pájaros se posaban en el estanque mientras ella permanecía allí, tan quieta podía quedarse, según me relató en una ocasión. Me pregunté si Madeleine estuvo con Jane disfrutando de la experiencia, pero desestimé la idea por intrascendente. Jane había sido muchas cosas; al parecer, cada día descubría más y más cosas, pero jamás fue una sádica sin complejos.

Me senté en uno de los bancos de piedra dando la espalda a la casa de Carey Osland. Podía ver casi toda la terraza superior de los Rideout claramente. Por supuesto, hoy no había rastro de Marcia y su biquini rojo. Podía ver su jardín y el césped despejado. La parte más cercana de su jardín se veía oscurecida por los arbustos de mi propio jardín. Más allá de la propiedad de los Rideout, podía discernir una pequeña sección de la de Macon Turner, salpicada de numerosos arbustos más grandes que un césped alto. Tendría que salir ahí por la noche, pensé, para descubrir si podía ver a través de las ventanas de alguna de esas casas.

Hacía calor y estaba llena de asado y mantequilla de cacahuete. Me sumí en un trance, desplazando mentalmente a la gente en sus jardines traseros en diversas posturas asesinas.

—¿Qué haces? —preguntó una voz curiosa a mi espalda.

Abrí la boca y di un respingo.

Era una niña pequeña. Tendría unos siete u ocho años, puede que algo más, y vestía pantalones cortos y una camiseta rosa. Su pelo, negro y ondulado, le llegaba a la barbilla y hacía juego con sus grandes ojos enmarcados tras unas gafas.

—Estoy sentada —dije tensamente—. ¿Y qué haces tú?

—Mi mamá me ha mandado para que te pregunte si quieres tomar café con ella.

—¿Quién es tu mamá?

Eso sí que sería divertido: alguien que no supiera quién era su madre.

—Carey Osland. —Rio—. Es en esa casa de ahí —indicó, creyendo genuinamente que trataba con una persona mentalmente deficiente.

El patio trasero de los Osland estaba prácticamente despejado de cualquier arbusto u obstáculo que impidiera su visión. Había un columpio y una caja de arena; podía ver la calle al otro lado de la casa sin ninguna dificultad.

Esta era la niña que necesitaba pañales la noche que su padre salió de casa para no volver nunca.

—Sí, iré —dije—. ¿Cómo te llamas?

—Linda. Venga, vamos.

Así que seguí a Linda Osland hasta la casa de su madre, preguntándome qué tendría que decirme Carey.

Carey, decidí al cabo de un rato, se había limitado a ser hospitalaria.

La tarde anterior había ido a buscar a Linda al campamento, lavó sus pantalones y camisetas, que estaban sucios más allá de toda descripción; el domingo por la mañana, escuchó todas sus historias del campamento y ahora estaba lista para tener compañía adulta. Me dijo que Macon había salido para jugar al golf en el club de campo. Me lo contó como si tuviera derecho a conocer su paradero en todo momento, asegurándose de que los demás lo supieran. Así que, si su relación había tenido sus momentos clandestinos, cada vez eran más explícitos. Me di cuenta de que no comentó nada acerca de casarse, ni siquiera insinuando la posibilidad en un futuro cercano.

Quizá fuesen felices tal como estaban.

Debía de ser maravilloso no anhelar casarse. Suspiré, esperaba que imperceptiblemente, y le pregunté por Jane.

—Ahora quisiera haberla conocido mejor —dije, encogiéndome de hombros, como pidiéndole un remedio.

—Bueno, Jane era un mundo aparte —contestó Carey, arqueando sus cejas oscuras.

—Era una vieja mala —soltó Linda de repente. Estaba sentada en la mesa, recortando ropa de papel para su muñeca.

—Linda —la amonestó su madre sin demasiado énfasis en la voz.

—¡Acuérdate, mamá, lo mal que se portó con Burger King!

Intenté parecer desconcertada sin perder los modales.

La cara redonda de Carey adquirió un fugaz aire de resentimiento.

—¿Más café? —preguntó.

—Sí, gracias —dije, para ganar más tiempo antes de tener que irme.

Carey vertió el café sin hacer ademán de explicar el comentario de Linda.

—¿Era Jane una vecina difícil? —tanteé.

—Oh —suspiró Carey, los labios fruncidos—. Ojalá Linda no hubiese dicho nada. Cielo, tienes que aprender a olvidar las cosas desagradables y las antiguas peleas, no merece la pena recordar cosas así.

Linda asintió, obediente, y siguió con sus tijeras.

—Burger King era nuestro perro; Linda le puso el nombre, por supuesto —explicó Carey, reacia—. No lo teníamos atado, sé que debimos hacerlo, y, como sabrás, nuestro jardín no está vallado…

Asentí, animándola a proseguir.

—Naturalmente, de vez en cuando se escapaba. Lamento profundamente haber tenido un perro fuera sin vallado —confesó Carey, meneando la cabeza ante su propia negligencia—. Pero Linda quería una mascota, y es alérgica a los gatos.

—Estornudo y los ojos se me ponen rojos –explicó Linda.

—Sí, cielo. Y, claro, tuvimos al perro justo cuando Jane se hizo con su gata, y cada dos por tres Burger King salía detrás de ella cada vez que Jane la dejaba salir, lo que se daba muy a menudo, pero de vez en cuando… —Carey perdió el hilo del relato.

135

—¿El perro acorralaba a la gata en un árbol? —sugerí amablemente.

—Oh, sí, no paraba de ladrar —explicó Carey con tristeza—. Era un desastre. Y Jane se enfadaba mucho.

—Dijo que llamaría a la perrera —intervino Linda—. Porque la ley señala que hay que poner correa a los perros y nosotros no la cumplíamos.

—Bueno, cielo, tenía razón —admitió Carey—. No la cumplíamos.

—No tenía por qué ser tan mala —insistió Linda.

—Era un poco cascarrabias —me confirmó Carey en tono de confidencia—. Quiero decir que sé que era culpa mía, pero ella no dudó en llevarlo hasta las últimas consecuencias.

—Oh, vaya —murmuré.

—Me sorprende que Linda lo recuerde, ya que ocurrió hace mucho tiempo. Diría que años.

—Entonces, ¿Jane llamó a los de la perrera?

—No, no. El pobre Burger fue arrollado por un coche en Faith, justo al lado de la casa, poco después de aquello. Por eso tenemos ahora a Waldo —dijo, tocando afectuosamente al dachshund con la punta de la zapatilla—. Y lo paseamos tres o cuatro veces al día. No es demasiado, pero es lo mejor que podemos hacer por él.

Waldo roncó, satisfecho.

—Hablando de Madeleine, ha vuelto a casa —le conté a Carey.

—¡No me digas! Creía que Parnell y Leah se la llevaron del veterinario que cuidaba de ella durante la enfermedad de Jane.

—Y así era, pero Madeleine quiso volver a su casa. Por lo visto, estaba preñada.

Linda y Carey lanzaron una exclamación al unísono, y al momento lamenté habérselo dicho, porque la pequeña quería ver a los gatitos y su madre no deseaba que se pasase llorando y tosiendo toda la tarde.

—Lo siento, Carey —me disculpé, antes de marchar.

—No te preocupes —insistió Carey, aunque estaba segura de que deseaba que hubiese mantenido la boca cerrada—. Es algo con lo que Linda tiene que aprender a vivir. Ojalá pueda vallar algún día la parcela; le compraré un cachorro de scottie, lo juro. Un amigo los cría, y son los animales más dulces del mundo. Son como pequeños cepillos andantes.

Medité sobre el lindo factor de pasear cepillos mientras atravesaba el jardín trasero de Carey hacia el mío. El jardín de Carey estaba tan expuesto que resultaba difícil imaginar dónde habrían podido enterrar un cuerpo, pero tampoco podía excluirla a ella; quizá su jardín no estuviera tan descubierto unos años antes.

Podría quitarme todas esas dudas de encima metiéndome en mi coche y conduciendo hasta la comisaría, me recordé. Y, por un momento, me sentí profundamente tentada.

Y os diré lo que me detuvo: no era la lealtad hacia Jane, ni mantener la fe en los muertos; nada tan noble.

Era el miedo que me inspiraba el sargento Jack Burns, el aterrador jefe de los detectives. En mis anteriores contactos con él, había observado que ardía en busca de la verdad como otros hombres ardían por una promoción o una noche con Michelle Pfeiffer.

Se enfadaría conmigo.

Querría mi pellejo.

Guardaría el secreto de la calavera un poco más de tiempo.

Con suerte, quizá saldría de esta con la conciencia tranquila, algo que me parecía imposible en ese momento, pero tampoco eran muy altas las probabilidades de que muriese alguien y me dejase toda su fortuna.

Fui a ver cómo estaba Madeleine. Estaba cuidando de sus crías, presumida y cansada a la vez. Rellené su cuenco de agua. Iba a poner su caja de arena a su lado, pero me lo pensé dos veces. Mejor dejarla donde estaba acostumbrada a encontrarla.

—Piénsalo —le comenté a la gata—, la semana pasada no sabía que tendría una gata, cuatro gatitos, una casa, quinientos cincuenta mil dólares y una calavera. No sabía lo que me perdía.

Sonó el timbre.

Di un salto. Gracias a la críptica nota de Jane, ahora sabía que tenía algo que temer.

—Enseguida vuelvo, Madeleine —dije, para tranquilizarme a mí misma, más que a la gata.

Esta vez, en lugar de abrir la puerta, observé por la mirilla. Al ver tanto negro, supe que se trataba de Aubrey. Abrí la puerta con una sonrisa.

—Adelante.

—Había pensado en pasar a ver cómo era tu nueva casa —indicó, dubitativo—. ¿Te parece bien?

—Claro. Acabo de descubrir que he tenido gatitos. Ven a verlos.

Conduje a Aubrey hasta el dormitorio, relatándole de paso la saga de Madeleine.

La proximidad de la cama lo sobresaltó un poco, pero los gatos captaron toda su atención.

—¿Quieres uno? —ofrecí—. Acabo de pensar que tendré que encontrarles una casa dentro de pocas semanas. Llamaré al veterinario para que me diga cuándo los puedo destetar. Y cuándo puedo esterilizarla.

—¿No vas a devolvérsela al primo de Jane? —preguntó Aubrey, ligeramente divertido.

—No —dije sin siquiera pensarlo—. Ya veré cómo me las arreglo viviendo con una mascota. Parece muy apegada a esta casa.

—Quizá me lleve uno —contestó Aubrey, pensativo—. Mi pequeña casa puede ser muy solitaria. Tener un gato esperándote puede ser agradable. Suelo salir mucho. De hecho, he estado fuera desde el servicio; una de las familias me pidió que comiera con ellos.

—Apuesto a que no fue tan bueno como mi almuerzo. —Le conté lo del asado de Sally y él me contó que había comido pavo. Al final nos sentamos junto a los gatitos hablando un rato sobre comida. Él tampoco solía cocinar mucho para sí mismo.

Y el timbre volvió a sonar.

Habíamos estado tan a gusto que tuve que resistir la tentación de decir algo soez.

Lo dejé en el dormitorio, junto a los gatos, que eran diminutos y estaban dormidos, mientras corría por el salón para abrir la puerta.

Marcia Rideout, bien despierta y espléndida con sus pantalones cortos de algodón blanco y una viva camiseta roja, me devolvió la sonrisa. Sin duda, estaba sobria; alerta y contenta.

—Qué alegría volver a verte —dijo con una sonrisa.

Me volví a maravillar ante su aspecto perfecto. Era como si le hubiese pintado los labios un profesional, la sombra de ojos sutil pero visible, la tonalidad de su pelo uniforme y perfectamente peinado al estilo paje. Sus piernas estaban completamente depiladas y lucían un bonito bronceado. Incluso sus zapatillas de tenis blancas estaban inmaculadas.

—Hola, Marcia —saludé apresuradamente, consciente de que la estaba mirando como a un pececito de acuario.

—Solo robaré un minuto de tu tiempo —prometió. Me entregó un pequeño sobre—. Torrance y yo queríamos celebrar una pequeña fiesta en nuestra terraza el miércoles para darte la bienvenida al vecindario.

—Oh, pero yo… —armé una protesta.

—Nada, nada. Queríamos hacer una comida al aire libre de todos modos, y tu herencia de la casa ha sido la mejor excusa. Y tenemos otros vecinos nuevos al otro lado de la calle, y vendrán también. Así nos conoceremos todos. Sé que te aviso con poca antelación, pero Torrance tiene que viajar este viernes y no volverá hasta última hora del sábado. —Marcia parecía una persona completamente distinta de la indolente borracha que había conocido unos días antes. La perspectiva del entretenimiento parecía darle vida.

¿Cómo podía rehusar? La idea de ser agasajada en la misma fiesta que Lynn y Arthur no era precisamente alentadora, pero no podía rechazar la invitación.

—Trae acompañante, si quieres, o ven sola —ofreció Marcia.

—¿De verdad no te importa que lleve a alguien?

—¡Por favor, hazlo! Uno más no hará ninguna diferencia. ¿Tienes a alguien en mente? —preguntó Marcia arqueando ostensiblemente las cejas.

—Sí —dije con una sonrisa, y no añadí más. Solo deseaba que Aubrey no escogiese ese momento para salir del dormitorio. Podía imaginar las cejas de Marcia alejarse un poco más de su cara.

—Oh —exclamó, obviamente un poco contrariada por mi falta de explicaciones—. Pues estará bien. Ven informal, no queremos nada elegante, ¡Torrance y yo no somos así!

Pues a mí Marcia no me parecía nada informal.

—¿Puedo llevar algo?

—Solo a ti misma —respondió Marcia, tal como esperaba. Me di cuenta de que los preparativos de la fiesta la mantendrían emocionada y feliz durante los tres días siguientes—. Nos veremos entonces —añadió mientras descendía los escalones y se dirigía a su casa por la parte de atrás.

Me llevé la invitación conmigo cuando me reuní con Aubrey.

—¿Te gustaría acompañarme aquí? —pregunté tendiéndole la invitación. Si la rechazaba, estaba convencida de que acabaría profundamente avergonzada, pero es que no tenía a nadie más a quien pedírselo, y si iba a asistir a una fiesta con Arthur y Lynn presentes, estaba determinada a ir acompañada.

Sacó la invitación del sobre y la leyó. En la portada había un chef con un delantal de barbacoa y un tenedor largo en la mano. «¡Se está cociendo algo muy rico!», rezaba el mensaje. Dentro ponía: «… y puedes compartirlo con nosotros el *miércoles*, a las *19 horas* en casa de *Marcia y Torrance*. ¡Allí nos vemos!».

—Se les ve muy animados —dije con toda la neutralidad posible. No quería parecer poco compasiva.

—Es casi seguro que podré, pero deja que lo compruebe. —Aubrey sacó un pequeño cuaderno negro del bolsillo—. Es el calendario litúrgico —explicó. Creo que cada sacerdote episcopaliano lleva uno de estos. Paseó la mirada por las páginas y luego me miró—. Sí, podré ir.

Lancé un suspiro de puro alivio. Aubrey sacó un lapicero muy usado y anotó la hora y la dirección, así como, para mi diversión: «Recoger a Aurora». ¿Es que se iba a olvidar si no lo anotaba?

Metiéndose el cuaderno de nuevo en el bolsillo, se levantó y me dijo que tenía que marcharse.

—Tengo un grupo juvenil dentro de una hora —informó mirándose el reloj.

—¿Qué haces con ellos? —pregunté mientras lo acompañaba hasta la puerta.

—Tratar de que se sientan bien aunque no sean baptistas y no tengan un gran centro recreativo al que ir, básicamente. Vamos con los luteranos y los presbiterianos, turnándonos para estar con los jóvenes las tardes de los domingos. Y ahora le toca a mi iglesia.

Al menos era demasiado temprano en nuestra relación como para sentirme obligada a formar parte de aquello.

Aubrey abrió la puerta para salir, pero pareció recordar algo que había olvidado. Se inclinó hacia mí para besarme, agarrándome suavemente de los hombros. Esta vez no hubo duda sobre el calambre que sentí hasta los pies. Cuando volvió a estirarse, me sentía bastante encendida.

—¡Bueno! —dijo sin aliento—. Te llamaré esta semana. Tengo ganas de que llegue el miércoles.

—Yo también —contesté con una sonrisa, y vi por encima de su hombro cómo alguien corría una cortina en la casa de enfrente.

«¡Ja!», pensé muy maduramente mientras cerraba la puerta tras de mí.

Capítulo 8

El lunes resultó ser mucho más ajetreado de lo esperado. Cuando fui al trabajo para pasar lo que creía que serían cuatro horas, me dijeron que uno de los bibliotecarios había cogido un resfriado de verano —«El peor que se puede coger», aseguraban los demás compañeros sabiamente, meneando la cabeza. Yo pensaba que cualquier resfriado era de los peores—. El director de la biblioteca, Sam Clerrick, me preguntó si podría echar las ocho horas y, tras dudarlo un poco, accedí. Me sentía muy generosa, ya que ahora tenía el poder económico (bueno, casi) para dejar de trabajar del todo. No hay nada como darse a una misma palmadas en la espalda para darte energía; trabajé felizmente durante toda la mañana, leyendo para un círculo de preescolares y respondiendo preguntas.

Sí que me sentí justificada para tomarme unos minutos extra durante mi pausa del café para llamar a la compañía telefónica y preguntar si el número de mi adosado podía ser también el de la casa de Jane, al menos durante un tiempo. Aunque no fuese posible, deseaba volver a conectar su línea. Para mi alegría, era posible asignar mi número a la línea de Jane, y me aseguraron que estaría operativo dentro de los dos próximos días.

Lillian Schmidt se acercó a mí mientras colgaba. Lillian es una de esas personas desagradables que, aun así, cuentan con cualidades que las redimen, de modo que no puedes tacharlas del todo de tu lista, aunque ganas no faltasen. Además, era compañera de trabajo, así que me interesaba mantener la paz con ella. Era de mente obtusa y le gustaba chismorrear, pero también era justa; una madre y esposa devota, pero hablaba tanto de su marido y de su hija que acababas deseando que se los tragase un terremoto; conocía su oficio y lo ejercía con diligencia, pero, entre tantas quejas y gruñidos sobre detalles nimios, te entraban ganas de darle una bofetada. Cuando reaccionaba ante ella, parecía una comunista con los ojos desbocados, una incurable Pollyanna y una defensora del sexo libre.

—Hace tanto calor fuera que me daría otra ducha —dijo a modo de saludo. Su frente estaba salpicada de sudor. Sacó un pañuelo de la caja sobre la mesa de café y se secó la cara—. He oído que has tenido un golpe de fortuna —continuó, arrojando el pañuelo a la papelera y fallando el tiro. Con un profundo suspiro, Lillian se inclinó para recogerlo. Pero sus ojos se alzaron para captar mi reacción.

—Sí —asentí con una amplia sonrisa.

Lillian aguardó a que desarrollara la respuesta. Me miró torcidamente cuando vio que no lo hacía.

—No sabía que Jane Engle y tú fueseis tan buenas amigas.

Sopesé varias respuestas posibles mientras sonreía.

—Éramos amigas.

Lillian agitó la cabeza lentamente.

—Yo también era amiga de Jane, pero no me dejó ninguna casa.

¿Qué podía decir? Me encogí de hombros. Si Jane y Lillian habían mantenido cualquier tipo de relación personal, ciertamente yo no la recordaba.

—¿Sabías que —prosiguió Lillian, cambiando de tema— Bubba Sewell se presentará a diputado del Estado este otoño?

—En serio. —No era realmente una pregunta.

Lillian comprobó que había causado impresión.

—Sí, su secretaria es mi cuñada, así que me lo contó incluso antes del anuncio oficial, que será mañana. Sabía que te interesaría, ya que te vi hablando con él en el funeral de Jane. Está intentando poner orden en su casa, por así decirlo, porque no quiere el mínimo asomo de duda si alguien escarbara en su pasado. Se presenta contra Carl Underwood, y Carl ha ocupado el puesto durante tres legislaturas.

Lillian me había proporcionado una información con la que no contaba y eso le hizo feliz. Al cabo de un par de quejas más sobre la insensibilidad del sistema escolar acerca de las alergias de su hija, salió disparada para trabajar un poco.

Me quedé sentada en la dura silla de la diminuta sala de espera, pensando en Bubba Sewell. ¡No me extrañaba que no quisiera indagar más sobre lo que hubiera oculto en casa de Jane! Tampoco que la hubiese atendido con tanto afán. No dejaba de ser buena propaganda que se supiera hasta dónde era capaz de llegar por su pobre y anciana cliente, sobre todo habida cuenta de que no ganaba nada de su testamento, a excepción de la tarifa habitual por gestionarlo.

Si le contase a Bubba Sewell lo de la calavera, me odiaría para el resto de su vida. Y era el primer marido de Carey Osland, ¿y quizá implicado de alguna manera en la desaparición del segundo?

Mientras lavaba la taza en la pequeña pila y la depositaba en el escurridor, desestimé cualquier necesidad que hubiese sentido por hacer confidencias al abogado. Estaba de campaña; era ambicioso; no podía confiar en él. Una suma bastante pesimista para alguien que podría ser elegido como diputado en el Congreso del Estado. Suspiré y me dirigí hasta el mostrador de préstamos para colocar algunos libros devueltos.

Durante mi hora del almuerzo, fui rápidamente a la casa de Jane para dejar salir a la gata y comprobar el estado de las crías. Compré una hamburguesa y un refresco en un autoservicio.

Al girar por Faith, vi que un equipo de trabajo municipal estaba despejando una madreselva y una hiedra venenosa cerca de la señal de «Callejón sin salida», al final de la calle. Les llevaría horas. La broza y las enredaderas se habían apoderado de una pequeña zona que evidentemente nadie había tocado durante años, enroscándose en la propia señal y luego atacando la valla de la casa que daba a la parte de atrás de la calle. El camión estaba aparcado justo en medio de la calle, cerca de la casa de Macon Turner.

Por primera vez desde que heredé la casa de Jane, vi al editor del periódico, quizá también de vuelta a casa para comer. El pelo marrón canoso en recesión del editor estaba largo y lo llevaba peinado cruzándole el cráneo para cubrirlo de alguna manera. Tenía una expresión inteligente, afilada y de labios finos, y llevaba trajes que siempre parecían necesitar una visita a la tintorería; de hecho, Macon siempre daba la impresión de no saber cuidarse. Su pelo siempre requería un corte, sus prendas un planchado, siempre parecía cansado y en todo momento parecía un paso por detrás de su agenda. Me llamó mientras sacaba unas cartas de su buzón, lanzándome una sonrisa que llevaba una buena dosis de encanto. Macon era el único hombre con el que había salido mi madre que me parecía realmente atractivo.

Aguardé, de pie en el camino privado, con mi bolsa de papel con el almuerzo en una mano y las llaves de casa en la otra, mientras Macon avanzaba hacia mí. Su corbata estaba torcida y llevaba la chaqueta del traje, ligera y de color caqui, casi arrastrando por el suelo. Me preguntaba si Carey Osland, cuya casa no era precisamente un modelo de pulcritud, era consciente de lo que tenía.

—¡Me alegro de verte, Roe! ¿Qué tal tu madre y su nuevo marido? —preguntó Macon antes de acercarse del todo. Los chicos de la limpieza, dos jóvenes afroamericanos vigilados por otro mayor, se volvieron para echarnos un vistazo.

Era uno de esos momentos que luego siempre recuerdas sin razón aparente. Hacía un calor terrible, el sol brillante en un cielo impoluto. Los tres trabajadores lucían grandes manchas oscuras en sus camisetas y uno de los más jóvenes se había cubierto la cabeza con un pañuelo rojo. El viejo camión del vertedero municipal estaba pintado de un naranja oscuro. La condensación del vaso que contenía mi refresco estaba humedeciendo la bolsa de papel; empecé a preocuparme por su integridad. Me alegré de ver a Macon, pero me sentía impaciente por entrar al frescor de la casa, comer mi almuerzo y comprobar la prole de Madeleine. Noté una gota de sudor recorrer mi piel bajo el vestido de rayas verdes y blancas, abriéndose camino a través de mi cintura hasta las caderas. Me enganché el bolso al hombro para tener una mano libre con la que recogerme el pelo en una vana esperanza de notar algo de brisa en el cuello; no había tenido tiempo de recogérmelo esa mañana. Bajé la mirada, vi una grieta en el camino y me pregunté cómo repararla. Las malas hierbas crecían en ella en una abundancia poco atractiva.

Estaba pensando que me alegraba de que mi madre se hubiese casado con John Queensland, que me parecía una persona digna, pero a menudo aburrida, en vez de con Macon, cuya expresión era desconcertantemente atractiva gracias a su inteligencia, cuando uno de los trabajadores lanzó un grito que quedó prendido en la densidad del tórrido aire. Los tres hombres se quedaron petrificados. Macon giró la cabeza a medio paso y se quedó quieto en cuanto el pie tocó el suelo. Todo movimiento entonces pareció deliberado. Fui consciente de volver ligeramente la cabeza para ver mejor lo que el hombre del pañuelo rojo estaba levantando del suelo. El contraste de su piel negra con la blancura del hueso era sobrecogedor.

—¡Dios Todopoderoso! ¡Es un cadáver! —chilló el otro trabajador, y la cámara lenta se aceleró hasta convertirse en una sucesión de movimientos tan rápidos que no sería capaz de reproducir más adelante.

Ese día decidí que el cadáver no podía ser el hijo de Macon Turner; o, al menos, si lo era, no lo había matado el propio Macon. Su rostro nunca presentó el mínimo atisbo de que el hallazgo tuviera alguna relación con él. Estaba ajetreado e interesado, y casi derribó la puerta de su casa para llamar a la policía.

Lynn salió de su casa cuando apareció el coche de policía. Tenía un aspecto pálido y miserable. Su vientre la precedía como un remolcador que tirase de ella.

—¿Qué es este jaleo? —preguntó, haciendo un gesto con la cabeza hacia el equipo de trabajo, que estaba relatando su hallazgo con exclamaciones y gestos mientras el agente de uniforme revisaba los densos rastrojos y las enredaderas que estrangulaban la base de la señal.

—Un esqueleto, creo —dije cautelosamente. Estaba segura de que le faltaba una parte.

Lynn se quedó impasible.

—Seguro que es un gran danés o cualquier otro tipo de perro grande. Puede que hasta sean huesos de vaca o ciervo dejados aquí después de una matanza doméstica.

—Podría ser —contesté. Alcé la mirada hacia Lynn, cuya mano masajeaba ausentemente su barriga—. ¿Cómo te encuentras?

—Me siento… —Hizo una pausa para pensarlo—. Me siento como si me inclinase y el bebé estuviese tan bajo que pudiera cogerle con las manos..

—Oh —dije. Torcí el gesto intentando imaginarlo.

—Nunca has estado embarazada —señaló Lynn, mencionando un club al que yo nunca había pertenecido—. No es tan fácil como parece, teniendo en cuenta que las mujeres llevan haciéndolo desde hace millones de años.

En ese momento, Lynn estaba mucho más interesada en su propio cuerpo que en el que habían encontrado al final de la calle.

—¿Ya no trabajas? —le pregunté sin despegar un ojo del agente, que ahora estaba hablando por su radio. El trabajador se había calmado y se había refugiado bajo la sombra de un árbol del jardín delantero de Macon. Este desapareció en su casa para reaparecer con una cámara y un cuaderno.

—No. Mi médico me ha dicho que tengo que dejar de trabajar y mantener los pies en alto todo el tiempo que pueda, durante todos los días que me sea posible. Como ya hemos desembalado todas las cajas y la habitación está lista, me limito a hacer labores domésticas un par de horas al día, y el resto del tiempo —dijo lóbregamente— me limito a esperar.

Ese comportamiento era tan impropio de Lynn.

—¿Estás emocionada? —le pregunté, dubitativa.

—Me siento demasiado incómoda como para estar emocionada. Además, Arthur está emocionado por los dos.

Eso era algo que me costaba imaginar.

—Ya no te importa, ¿verdad? —preguntó Lynn de repente.

—No.

—¿Sales con alguien?

—Más o menos. Pero ya no me importa.

Afortunadamente Lynn lo dejó ahí, ya que no tenía ninguna intención de añadir nada más al respecto.

—¿Crees que te quedarás con la casa?

—Ni idea. —Casi le pregunté si le molestaría que así fuese, pero luego me di cuenta de que no querría saber la respuesta.

—¿Irás a esa fiesta? —preguntó Lynn al cabo de un rato.

—Sí.

—Nosotros también, supongo, aunque no estoy para muchas fiestas. Esa Marcia Rideout me miró como si nunca hubiese visto a una embarazada cuando vino a dejarme la invitación. Hizo que me sintiera como un dirigible de Goodyear y una cama sin hacer a la vez.

Podía llegar a entenderlo, con el agresivo acicalamiento de Marcia.

—Será mejor que vuelva a ver cómo están los gatitos —le dije. La situación al final de la calle se había tranquilizado. El agente de uniforme estaba apoyado en su coche, al parecer esperando que apareciera alguien más. Macon estaba al final de la acera, contemplando los huesos. Los trabajadores estaban fumando y tomando unos refrescos.

—Oh, ¿tienes gatos? ¿Puedo verlos? —Lynn parecía animada por primera vez.

—Claro —contesté, algo sorprendida. Entonces me di cuenta de que Lynn estaba por la labor de ver cualquier cosa que estuviese en sintonía con recién nacidos.

Hoy, los gatitos estaban más activos. Estaban unos encima de otros, los ojos aún cerrados, y Madeleine los vigilaba con regio orgullo. Uno era negro como el carbón, los otros de tono mermelada y blanco, como la madre. Pronto, su energía se fue disipando y se pusieron a mamar, quedándose dormidos justo después. Lynn se había inclinado cuidadosamente sobre el suelo y había observado en silencio, el rostro inescrutable. Fui a la cocina para reponer la comida y el agua de Madeleine, cambiando la arena de la caja de paso. Tras lavarme las manos, dar un trago a mi refresco y comerme la mayor parte de la hamburguesa, regresé al dormitorio, donde Lynn seguía absorta en su observación.

—¿Los viste nacer? —preguntó.

—Sí.

—¿Te dio la sensación de que le dolió?

—Me dio la sensación de que cuesta trabajo —dije con tacto.

Suspiró pesadamente.

—Bueno, es de esperar —respondió, intentando imprimir una inflexión filosófica a sus palabras.

—¿Has estado en Lamaze?

—Oh, sí. Hacemos allí nuestros ejercicios respiratorios cada noche —dijo sin demasiado entusiasmo.

—¿No crees que vayan a funcionar?

—No tengo ni idea. ¿Sabes lo que da miedo de verdad?

—¿Qué?

—Que nadie te lo dice.

—¿Como quién?

—Nadie. Es lo peor. De veras quiero saber a qué me enfrento. Se lo pregunté a mi mejor amiga, que ha tenido dos hijos. Me dijo: «Oh, cuando veas lo que tienes verás que ha merecido la pena». Esa fue su respuesta, ¿qué te parece? Así que le pregunté a otra persona que no usó anestesia, y me dijo: «Oh, te olvidarás de todo cuando veas al bebé». Esa tampoco era la respuesta que iba buscando. Y mi madre se desmayó, al viejo estilo, cuando me tuvo. Así que no puede decirme nada, y creo que probablemente tampoco lo haría. Es una especie de conspiración de las madres.

Le di vueltas.

—Bueno, lo que está claro es que yo sí que no puedo responder a esas preguntas, pero te diría la verdad si pudiera.

—Espero —contestó Lynn— poder decírtelo, y pronto.

Cuando salí de casa para volver a la biblioteca, vi que había dos coches de la policía aparcados en el camino privado de Macon Turner y el camión municipal había desaparecido. Me sentí muy aliviada por el hallazgo del resto del esqueleto. Ahora, la policía se pondría a investigar de quién se trataba. ¿Bastarían los huesos hallados? Si era así, me prometí mentalmente que daría a la calavera un entierro decente.

Era consciente, desde la culpabilidad, que no estaba adoptando ninguna postura moralmente firme.

Esa noche, el timbre sonó justo cuando me quitaba los zapatos y las medias. Acabé de quitarme estas apresuradamente, las dejé bajo un sillón y metí los pies descalzos en los zapatos. Me sentía hecha un desastre, arrugada y acalorada con problemas de conciencia.

El sargento Jack Burns acaparaba el umbral de la entrada cuando abrí la puerta. Sus prendas siempre abundaban en poliéster y lucía unas largas patillas al estilo Elvis, pero nada era capaz de distraerme del aire amenazante que rezumaba su quietud. Estaba tan acostumbrado a proyectarlo que creo que se habría sorprendido si alguien le hubiese comentado algo al respecto.

—¿Puedo pasar? —preguntó amablemente.

—Oh, por supuesto —accedí, apartándome a un lado.

—Vengo a hacerte unas preguntas sobre los huesos que se han hallado hoy en Honor Street —dijo formalmente.

—Siéntate, por favor.

—Gracias, llevo todo el día de pie —respondió cortésmente. Se sentó en el sofá y yo hice lo propio frente a él, en mi sillón favorito.

—¿Acabas de volver del trabajo?

—Así es.

—Pero estuviste en la casa de Jane Engle, en Honor Street, hoy cuando el equipo de trabajadores encontró el esqueleto.

—Sí, fui durante mi hora del almuerzo para dar de comer a la gata.

Me aguantó la mirada sin decir nada. Eso se le daba mejor que a mí.

—La gata de Jane. Eh…, se escapó de la casa de Parnell y Leah Engle y volvió a su vieja casa; ha parido en el armario. En el dormitorio de Jane.

—¿Sabes? Siempre estás donde pasa algo, para ser una ciudadana respetuosa de la ley, señorita Teagarden. Parece que nunca hay un homicidio en Lawrenceton sin que estés tú cerca. Me parece sumamente extraño.

—Yo no diría que heredar una casa en la misma calle pueda considerarse «sumamente extraño», sargento Burns —dije con valentía.

—Bueno, pues piénsalo —sugirió con voz razonable—. El año pasado, cuando se produjeron todas esas muertes, también estabas implicada. Cuando detuvimos a los culpables, estabas allí.

«A punto de morir en sus manos», estuve a punto de decir, pero al sargento Jack Burns no se le interrumpe.

—Y, cuando muere la señora Engle, allí estás el mismo día que encontramos un esqueleto entre los matorrales, en una calle con un sospechoso número de allanamientos denunciados, incluido uno en la casa que acabas de heredar.

—¿Un sospechoso número de allanamientos? ¿Quieres decir que hay más gente, aparte de mí, que ha denunciado intrusiones?

—Precisamente, señorita Teagarden.

—¿Y no se han llevado nada?

—Nada que ningún propietario haya admitido. Puede que el ladrón se llevara algunos álbumes fotográficos o cualquier otra cosa que sonrojara al dueño si lo denunciara.

—Estoy segura de que no había nada así en casa de Jane —dije, indignada. Solo una vieja calavera con algunos agujeros—. Si falta algo, no tengo manera de saberlo. La primera vez que entré en la casa fue después del allanamiento. Ah, ¿quién más ha denunciado asaltos?

Jack Burns pareció sorprendido antes de que la suspicacia se hiciera con su expresión.

—Todo el mundo. Salvo esa pareja anciana de la casa del final, al otro lado de la calle. ¿Sabes algo de los huesos que hemos encontrado hoy?

—Oh, no. Simplemente estaba allí cuando los descubrieron. Verás, solo he estado en la casa unas cuantas veces, y nunca me he quedado demasiado tiempo. Durante los dos últimos años apenas visitaba a Jane. Antes de que se la llevaran al hospital.

—Creo —dijo Jack Burns pesada e injustamente— que este es uno de esos misterios de los que puede encargarse el departamento de policía, señorita Teagarden. Mantén tu curiosa naricita fuera.

—Oh —exclamé airada—, descuida, sargento. —Cuando me levanté para indicarle la salida, mi tacón dio con la media hecha un ovillo que estaba debajo del sillón y la sacó a la vista de Burns.

Le lanzó una mirada de desprecio, como si fueran accesorios sexuales de mal gusto, y se marchó con su horrible majestuosidad intacta. Si se hubiese reído, habría creído que era humano.

Capítulo 9

A la mañana siguiente, apenas tuve tiempo de tomar media taza de café antes de que sonara el teléfono. Me había despertado tarde después de un sueño inquieto. Soñé que la calavera estaba debajo de mi cama y que Jack Burns estaba sentado en la silla de al lado interrogándome mientras yo llevaba aún el camisón puesto. Estaba convencida de que, de alguna manera, sería capaz de leerme la mente y miraría debajo de la cama; y si lo hacía, estaba condenada. Me desperté justo cuando estaba levantando la colcha.

Tras servirme el café, hacerme una tostada y recoger mi ejemplar del *Sentinel* de Lawrenceton de la entrada, me acomodé en mi cocina para mi lectura matutina. Pasé a vuelapluma por la noticia de portada y buscaba las viñetas cuando fui interrumpida.

Descolgué, convencida de que la llamada traía malas noticias, así que me alegré de que se tratase de la madre de Amina. Pero resultó que mi premisa inicial era correcta.

—¡Buenos días, Aurora! Soy Joe Nell Day.

—Hola, señora Joe Nell. ¿Qué tal está? —Amina llamaba a mi madre valientemente «señora Aida».

—Muy bien, gracias, cariño. Escucha, Amina me llamó anoche para decirme que han adelantado el día de la boda.

Sentí un escalofrío de pura consternación. «Allá vamos otra vez», pensé con tristeza. Pero era la madre de Amina. Forcé una sonrisa en mi boca para que la voz me saliese a juego.

—Bueno, señora Joe Nell, los dos son mayores para saber lo que hacen —dije cordialmente.

—Eso espero —respondió ella de corazón—. Detestaría que Amina atravesase otro divorcio.

—No, eso no pasará —contesté, ofreciendo una seguridad que no sentía—. Esta será la buena.

—Rezaremos por ello —indicó la señora Joe Nell seriamente—. El padre de Amina está hecho una furia. Ni siquiera hemos conocido a ese joven todavía.

—Le cayó bien su primer marido —dije. Seguro que Amina se casaría con alguien agradable. Siempre era así, ese era el problema. ¿Cómo se llamaba? Hugh Price—. Me ha contado muchas cosas positivas sobre Hugh.

—Era contrastadamente atractivo, rico y bueno en la cama. Solo esperaba que no fuese contrastadamente bobo. Deseaba que Amina lo amase de verdad. No me importaba tanto que fuese al revés; asumía que era tarea fácil, ya que yo la quería mucho.

—Bueno, ambos son veteranos de las guerras de divorcios, así que deberían saber lo que quieren y lo que no. En fin, te llamaba, Aurora, porque al adelantarse el día de la boda tendrás que pasarte para medirte el vestido de dama de honor.

—¿Soy la única? —Deseaba desesperadamente poder ponerme algo que me sentase bien personalmente antes que una prenda que debiera sentar bien por igual a cinco o seis mujeres diferentes de diversas complexiones y medidas.

—Sí —dijo la señora Joe Nell con evidente alivio—. Amina quiere que te pases y escojas lo que quieras, siempre que luzca bien con su vestido, que es verde menta.

No blanco. Estaba un poco sorprendida. Como Amina había decidido mandar invitaciones y celebrar una boda más grande, ya que la primera había sido para cuatro gatos, pensé que iría con el tópico al completo. Me alivió comprobar que había moderado su impulso.

—Claro, puedo pasarme esta mañana —respondí obsequiosamente—. Hoy no tengo que ir a trabajar.

—¡Oh, genial! Nos veremos entonces.

En momentos así, tener una madre propietaria de una tienda de ropa era de lo más conveniente. Seguro que había algo en Great Day que me viniera bien. Si no, la señora Joe Nell encontraría algo. Cuando subí a la planta de arriba para vestirme, me volví hacia el dormitorio trasero, el de los invitados, en un impulso. El único invitado que había dormido allí era mi hermanastro Phillip, cuando solía venir a pasar algún fin de semana ocasional conmigo. Ahora estaba en California; nuestro padre y su madre quisieron alejarlo lo más posible de Lawrenceton para ayudarle a olvidar lo que le había pasado aquí. Mientras estuvo conmigo.

Me sacudí unos sentimientos de culpabilidad y dolor demasiado familiares y abrí la puerta del armario. Allí guardaba las cosas que menos me ponía, como chaquetas pesadas de invierno, mis escasos vestidos de cóctel y de noche… y mis vestidos de dama de honor. Tenía cuatro: un desgreñado horror de color lavanda, de la boda de Sally Saxby; otro de gasa con motivos florales de la boda de Linda Erhardt; otro de terciopelo rojo con un ribete de «piel» blanca, de las «nupcias» navideñas de mi compañera de habitación en la universidad; y otro rosa, por la boda primaveral de Franny Vargas. El lavanda me hizo parecer como si me hubiese disfrazado de muñeca Barbie; el de gasa floral no estaba tan mal, pero para una rubia; el de terciopelo rojo me hizo parecer como Dolly Parton, pero lo cierto era que todas parecíamos ayudantes de Santa Claus. El rosa lo había recortado a la altura de las rodillas y me lo había puesto para algunas fiestas a lo largo de los años.

En la primera boda de Amina había llevado vaqueros; era una boda de fugados.

Esa había sido la prenda de dama de honor más práctica de todas.

Ahora que había conseguido ponerme de un humor excelente, repasando mi historial con Phillip y mi experiencia como dama de honor, decidí que ya era hora de ponerme en marcha para hacer cosas.

¿Qué más debía hacer, aparte de ir a Great Day?

Tenía que pasar a ver cómo estaban Madeleine y sus gatitos. Tenía que pasar por las oficinas de mi madre; me lo había pedido en el mensaje que me dejó en el contestador, y aún no lo había hecho. Sentí una urgencia por comprobar el estado de la calavera, pero decidí que estaba segura de que no había ido a ninguna parte.

—Estúpida —murmuré mirándome al espejo mientras me recogía el pelo. Me puse un poco de maquillaje y me enfundé los vaqueros más viejos y una camiseta sin mangas. Quizá tuviese que ir a las oficinas de mi madre, pero no tenía la intención de parecerme a una ejecutiva júnior. Todos sus vendedores estaban convencidos de que algún día acabaría trabajando para mi madre, dando al traste con su estable cadena alimenticia. Lo cierto era que enseñar casas parecía una forma atractiva de pasar el tiempo, y ahora que tenía mi propio dinero —casi—, puede que me lo pensase seriamente.

Pero, por supuesto, no estaba obligada a trabajar para mi madre. Lancé una sonrisa traviesa al espejo, imaginando el furor durante un feliz segundo, antes de volver a la realidad. Mientras me ataba una goma al final de la melena para asegurarla, admití que nada me impediría trabajar para mi madre si me lanzaba a la piscina y cambiaba de profesión. Pero echaría de menos la biblioteca, me dije a mí misma mientras comprobaba el bolso para asegurarme de que lo llevaba todo. No, no lo haría, me di cuenta de repente. Echaría de menos los libros, no el trabajo o a las personas.

La perspectiva de dimitir me mantuvo entretenida hasta que llegué a Great Day.

El padre de Amina era contable y, por supuesto, llevaba la contabilidad del negocio de su mujer. Estaba allí cuando llegué y la campanilla de la puerta anunció mi entrada. La señora Joe Nell estaba usando una especie de vaporizador de mano para eliminar las arrugas de un vestido recién llegado. Era muy atractiva, ya bien afincada en sus cuarenta. Tuvo a Amina cuando aún era muy joven, y no tuvo más hijas. El hermano menor de Amina aún iba al instituto. La señora Joe Nell era muy religiosa. Cuando mis padres se divorciaron mientras yo era adolescente, uno de mis mayores temores era que la señora Joe Nell lo desaprobara hasta el punto de no dejarme ver más a Amina. Pero la señora Joe Nell era una mujer llena de amor y comprensión, así que mis preocupaciones se disiparon rápidamente.

Depositó el vaporizador y me dio un abrazo.

—Solo espero que Amina esté haciendo lo correcto —me susurró.

—Estoy segura de que sí —dije con una confianza que estaba lejos de sentir—. Seguro que es un buen hombre.

—Oh, no es él quien me preocupa —indicó la señora Joe Nell, para mi sorpresa—, sino Amina.

—Esperemos que esta vez esté lista para sentar la cabeza —añadió el señor Day. Cantaba como bajo en el coro de la iglesia desde hacía ya veinte años y seguiría haciéndolo hasta que se quedase sin voz.

—Yo también —admití, y los tres nos quedamos mirándonos con tristeza durante un instante—. Bueno, ¿y qué clase de vestido quiere Amina que me ponga? —pregunté bruscamente.

La señora Joe Nell se sacudió visiblemente y me condujo hasta los vestidos formales.

—Veamos —dijo—. Su vestido, como te conté, es verde menta, con algunos adornos blancos. Lo tengo ahí; se probó varias cosas cuando estuvo en casa por la boda de tu madre. Creía que no eran más que sueños con los ojos abiertos, pero apuesto a que ya le rondaba la mente adelantar la fecha.

El vestido era precioso. Con él, Amina parecería todo un sueño americano.

—Entonces no será complicado conjuntar el mío —señalé con tono optimista.

—Bueno, he mirado lo que tenemos de tu talla y he encontrado algunas cosas que lucirían muy bien con este tono de verde. Aunque escogieras un tono sólido de otro color, el ramo tendría lazos verdes que irían a juego…

Y nos arrancamos en una intensa conversación nupcial.

Menos mal que me había recogido el pelo esa mañana, porque, de lo contrario, para cuando hubiera terminado de ponerme y quitarme vestidos, habría tenido el aspecto de un nido de cuervos. Aun así, los cabellos sueltos cargados de estática flotaban alrededor de mi cara cuando terminamos la sesión. Uno de los vestidos era para mí y encajaría a la perfección con el de la novia y, aunque dudaba de que fuese a tener la ocasión de volver a ponérmelo, lo compré. La señora Day intentó convencerme de regalármelo, pero yo conocía cuáles eran mis deberes como dama de honor. Al final dejó que pagase el precio de coste y las dos quedamos satisfechas. El vestido de Amina tenía unas largas mangas de gasa culminadas en puños sólidos, un cuello sencillo, un corpiño adornado con cuentas y falda larga, lo suficientemente sencilla para llevar el ramo de la novia, pero también lo bastante elegante como para resultar festiva. El mío tenía mangas cortas, pero el mismo cuello, y era de color melocotón con un cinto verde menta. Podría teñir unos zapatos de tacón para que fueran a juego; de hecho, pensé que los que ya había teñido para la boda de Linda Erhardt podrían servir. Prometí a la señora Joe Nell que se los llevaría a la tienda para echarles un vistazo, ya que el vestido debía quedarse en la tienda para subirle un poco el bajo.

Y solo me había llevado una hora y media, descubrí al volver a mi coche. Recordé la ocasión que salí a la caza del vestido con Sally Saxby, su madre y otras cuatro damas de honor. La expedición se llevó toda una larga jornada. Me llevó mi tiempo volver a llevarme tan bien con Sally como antes de salir en busca de un vestido en Atlanta.

Por supuesto, ahora Sally era la señora Hunter, desde hacía diez años ya, y tenía un hijo casi tan alto como yo, y una hija que daba clases de piano.

No, no pensaba deprimirme. Había dado con el vestido, eso era una buena noticia. Iba a pasarme por la oficina, eso también era bueno. Luego, iría a ver a los gatos a la nueva casa, como intentaba pensar en ella. Finalmente, me obsequiaría con un buen almuerzo en algún sitio agradable.

Cuando giré hacia el aparcamiento trasero de la oficina de mi madre, me di cuenta de que nadie se atrevía a aparcar en su hueco, y eso que estaba fuera del país. Aparqué allí limpiamente, anotando mentalmente contar la pequeña anécdota a mi madre. Ella, pensando que «Casas Teagarden» era un nombre demasiado largo para figurar en un letrero de casa vendida, había bautizado a su negocio como Select Realty*. Por supuesto, era un evidente intento de atraer a las capas más altas del mercado, y al parecer había funcionado. Mi madre era una vendedora agresiva que nunca dejaba que el negocio viniese a ella si ella no podía dar con él primero. Y quería que cada uno de sus vendedores fuese tan agresivo como ella, y poco le importaba el aspecto del aspirante, siempre que la actitud fuese la adecuada. Un rival

*Inmuebles Selectos (N. del T.).

falto de juicio había comparado Select Realty con una escuela de tiburones, según tenía entendido. Caminando por la acera junto a la antigua casa que mi madre había comprado y reformado maravillosamente, me sorprendí con la duda de si ella me consideraría una candidata adecuada.

Todos los que trabajaban allí vestían muy elegantes, así que iba a llamar mucho la atención. Decidí que mi elección de vaqueros y camiseta sin mangas había sido un error. Había querido parecerme tan poco a una vendedora de casas que había acabado pareciéndome a una hippie pasada de moda.

Patty Cloud, en el mostrador de recepción, vestía un traje que costaba el salario de una semana de una bibliotecaria. Y eso que era la recepcionista.

—¡Me alegro de verte, Aurora! —dijo con una sonrisa fruto de mucha práctica. Era al menos cuatro años más joven que yo, pero el traje y sus modales artificiales le hacían parecer mucho mayor.

Eileen Norris atravesó la zona de recepción para dejar un montón de papeles con un post-it en la mesa de Patty. Se paró en seco al verme.

—Dios mío, niña, ¡parece que te hubieras peleado con un gato! —bramó Eileen. Tenía una melena sospechosamente negra y unos cuarenta y cinco años, con ropas caras de las mejores tiendas de prendas femeninas. Iba profusamente maquillada, pero con buena mano; su perfume era intenso, pero atractivo, y era una de las mujeres más agobiantes que había conocido jamás. Era una especie de personalidad en Lawrenceton, capaz de convencerte de comprar una casa antes de lo que tardas en tomarte una aspirina.

No es que su saludo me sentase muy bien, pero había cometido un error de apreciación, y Eileen no era de las que dejan pasar esas cosas.

—Solo pasaba para dejar un mensaje. Mi madre prolongará su luna de miel unos días.

—No sabes cuánto me alegro —sonrió Eileen—. Hacía siglos que esa mujer no se cogía unas vacaciones. Seguro que se lo está pasando en grande.

—No lo dudes.

—¿Y te ha mandado para que vigiles a los niños mientras mamá está fuera?

Tampoco cabía duda de que Eileen no estaba nada contenta con que la hija de la jefa fuese a vigilarles.

—Solo quería comprobar que el edificio sigue en pie —dije con ligereza—. Pero lo cierto es que tengo una pregunta sobre propiedades que hacer.

Mackie Knight, un joven agente inmobiliario que mi madre acababa de contratar, entró con un par de clientes, dos recién casados que reconocí, ya que su foto salió en el periódico el mismo día que la de mi madre y John. La pareja parecía un poco abrumada, y discutían sobre si preferían la casa de Macree o la de Littleton. Precediéndolos a distancia segura, Mackie puso los ojos en blanco según pasaba por delante de nosotras.

—Lo está haciendo bien —apuntó Eileen con un deje ausente—. A las parejas más jóvenes no les importa que su agente sea negro, y a los clientes negros les encanta. ¿Qué dijiste que querías preguntar?

—Ah. ¿A cuánto se cotizan las casas que hay justo al lado del instituto?

Patty y Eileen me prestaron toda su atención. Los negocios son los negocios.

—¿Cuántos dormitorios?

—Eh, dos.

—¿Metros cuadrados?

—Unos cuatrocientos en total.

—Acabamos de vender una casa en Honor, en la misma zona —informó Eileen cumplidamente—. Dame un momento y te lo miro.

Volvió a su mesa, dando golpes sordos a la moqueta a medida que avanzaba. La seguí a través de los despejados y atractivos pasillos grises y azules hasta su despacho, el segundo en tamaño después del de mi madre. Probablemente hubiera sido el segundo dormitorio más grande. Mi madre se quedó con el que había sido el principal, y en la cocina había dejado la fotocopiadora y una pequeña zona de descanso. Las demás estancias eran mucho más pequeñas y estaban ocupadas por el personal de menor importancia. El escritorio de Eileen estaba agresivamente lleno, papeles por todas partes, pero en montones separados, y no cabía duda de que esa mujer era más que capaz de jugar varios partidos a la vez.

—Honor, Honor —murmuró. Debía de estar buscando el precio de la pequeña casa que Arthur y Lynn acababan de comprar. Sus dedos anillados surcaron los listados apilados con la velocidad que otorga la experiencia—. Aquí está —dijo en voz baja—. Cincuenta y tres —continuó alzando un poco la voz—. ¿Estás interesada en comprar o vender? —A Eileen ya no le importaban mis vaqueros ni mi desastre de pelo.

—Puede que vender. He heredado la casa que hay justo enfrente de la que estás mirando ahora —informé, indicando la lista con un gesto de la cabeza.

—¿En serio? —preguntó Eileen, mirándome fijamente—. ¿Tú? ¿Una herencia?

—Sí.

—¿Y preferirías vender la casa antes que vivir en ella?

—Sí.

—¿La casa se terminó de pagar por el anterior propietario? Quiero decir: ¿no hay deudas pendientes por parte de la propiedad?

—No, está pagada. —Creí recordar que Bubba Sewell me había dicho eso. Sí, así era. Jane había estado pagando la casa hasta la muerte de su madre, momento en el que contó con el metálico suficiente para liquidar la deuda de un solo golpe.

—Tienes una casa completamente gratis ¿y no la quieres? Creía que una con dos dormitorios estaría hecha justo para ti. No es que no quiera gestionarte la venta, ojo —dijo Eileen, recuperando el sentido común.

Una delicada mujer a punto de cumplir la cuarentena asomó la cabeza.

—Eileen, me voy a enseñar la casa de Youngman, si tienes la llave a mano —señaló con una sonrisa pícara.

—¡Idella! ¡No me puedo creer que lo haya vuelto a hacer! —exclamó Eileen, golpeándose la frente con la mano, pero sin demasiada fuerza para no arruinarse el maquillaje.

—Lo siento, no sabía que tuvieras compañía —continuó la mujer.

—Idella, te presento a Aurora Teagarden, la hija de Aida —informó Eileen mientras rebuscaba en su bolso—. Aurora, creo que todavía no conoces a Idella Yates. Se unió a nosotros a principios de año.

Mientras Idella y yo intercambiábamos los saludos de rigor, Eileen siguió buscando. Finalmente extrajo una llave con una larga etiqueta adherida.

—Lo siento, Idella —se disculpó Eileen—. No sé por qué nunca me acuerdo de dejar las llaves en su sitio. Es algo que nunca soy capaz de recordar. Se supone que debemos devolverlas al portallaves principal, del que se encarga Patty, cada vez que volvemos de enseñar una casa —me explicó Eileen—. Pero, por alguna razón, soy incapaz de retenerlo.

—No te preocupes —dijo Idella con dulzura, se despidió de mí con un gesto de cabeza y se fue a enseñar la casa. Aunque miró el reloj con mordacidad antes de marcharse, dejando que Eileen supiera que si llegaba tarde a su cita sería por su culpa.

Eileen se sentó, observando la marcha de Idella con una expresión curiosamente incómoda. Su rostro solo estaba acostumbrado a las emociones positivas, de las que daba cuenta sin tapujos. La incomodidad resultaba muy extraña en sus duras facciones.

—Esa mujer tiene algo raro —me confesó Eileen repentina y desdeñosamente, y su rostro recuperó unas coordenadas que me eran más familiares—. Bueno, volviendo a la casa, ¿sabes cuánto tiempo tiene el tejado, si hay suministro de agua o la edad del propio edificio? Aunque creo que todas las casas de esa zona fueron construidas en 1955 o algo así. Alguna puede que a principios de los sesenta.

—Si al final me decido, te traeré toda esa información —prometí, preguntándome cómo demonios iba a averiguar lo del tejado. Tendría que repasar cada uno de los recibos de Jane, a menos, quizá, que alguno de sus vecinos recordase cuándo fue la última vez que se trabajó allí. Normalmente, los restauradores de tejados se hacían notar. Un vago pensamiento cruzó por mi mente. ¿Y si una de las casas era más antigua de lo que aparentaba, o hubiera sido construida en la parcela de otra más antigua? Quizá hubiera un sótano o un túnel, bajo una de las casas, donde habría estado el cadáver hasta ser abandonado entre los matojos del final de la calle.

Debía admitir que era una idea bastante peregrina, y cuando le pregunté a Eileen al respecto, le dio la importancia que merecía.

—Oh, no —dijo secamente, meneando la cabeza antes siquiera de que hubiera terminado la frase—. Qué idea más rara, Roe. Esa zona es demasiado baja como para tener sótanos, y allí no había nada antes de que se construyera el instituto. Era un bosque maderero.

Eileen insistió en acompañarme hasta la puerta de su despacho. Decidí que se debía a que me había convertido en una cliente potencial, más que por ser quien era. Hoy no era ella misma.

—Bueno, ¿y cuándo vuelve tu madre? —preguntó.

—Oh, no tardará, algún día de esta semana. No fue muy concreta. Es solo que no quería llamar a la oficina; quizá temía que si daba con alguno de vosotros terminaría hablando de trabajo. Me ha usado como su mensajera. —Todos los despachos por los que pasé estaban ocupados o con muestras de actividad en curso. Los teléfonos sonaban, la fotocopiadora no dejaba de funcionar y los maletines se llenaban de documentos.

Por primera vez en mi vida me pregunté cuánto dinero tenía mi madre. Ahora que ya no lo necesitaba, la curiosidad me inundaba. El dinero era algo de lo que nunca hablábamos. Tenía el suficiente para ella, y le servía para sus cosas: ropa cara, un coche muy lujoso (decía que impresionaba a los clientes) y alhajas de calidad. No practicaba ningún deporte; para hacer ejercicio se había instalado una cinta andadora en uno de los dormitorios de su casa. Pero vendía muchas propiedades, así que imaginé que recibía un porcentaje de los tratos de sus subordinados. Me costaba bastante entenderlo, porque nunca lo había considerado mi negocio. En un momento que no me enorgulleció en absoluto, me pregunté si habría redactado otro testamento, ahora que se había casado con John. Fruncí el entrecejo frente al espejo retrovisor al detenerme en un semáforo.

Claro que John ya tenía una fortuna propia, y dos hijos...

Sacudí la cabeza con impaciencia, intentando quitarme de encima todos esos malos pensamientos. Intenté justificarme pensando que últimamente estaba especialmente sensibilizada con los testamentos y la muerte, o también que estaba más interesada que de costumbre en los asuntos del dinero. Pero no estaba contenta conmigo misma, así que no me costó nada ponerme de mal humor cuando, al entrar por el camino privado de la casa de Honor, me encontré a Bubba Sewell esperándome.

Era como si lo hubiese invocado con solo pensar en él.

—Hola —saludé cautelosamente, saliendo del coche. Él salió del suyo y caminó hacia mí.

—Me arriesgué a ver si la encontraba aquí. Llamé a la biblioteca y me dijeron que hoy era su día libre.

—Sí. No trabajo todos los días —dije innecesariamente—. He venido a ver cómo están los gatitos.

—Gatitos. —Sus pesadas cejas se elevaron por encima de sus gafas.

—Madeleine ha vuelto. Ha parido una camada en el armario de Jane.

—¿Han pasado Parnell y Leah por aquí? —preguntó—. ¿Le han causado algún problema?

—Creo que Parnell piensa que ahora estamos en paz, ahora que tengo cuatro gatitos a los que encontrar una casa —dije.

Bubba se rio, pero no sonó muy genuino.

—Escuche —prosiguió—, la cena y el baile de la asociación de abogados del Estado serán el próximo fin de semana, y me preguntaba si querría acompañarme.

Me sorprendió tanto que casi me quedé sin habla, con la boca abierta. No solo sabía que había estado saliendo con mi bella amiga Lizanne, sino que podría jurar que Bubba Sewell no estaba interesado en mí, como mujer, lo más mínimo. Y, si bien mi agenda de citas no era abultada precisamente, hacía tiempo que había aprendido que más valía estar sola en casa con un buen libro y una bolsa de patatas fritas que salir con alguien que te dejaba fría.

—Lo lamento, Bubba —me disculpé. No estaba tan acostumbrada a rechazar citas para que se me diese bien hacerlo—. Ahora mismo estoy muy ocupada. Pero gracias por pensar en mí.

Bubba Sewell apartó la mirada, avergonzado.

—Vale, quizá en otra ocasión.

Sonreí vagamente, tanto como pude.

—¿Va todo… bien? —preguntó de repente.

¿Hasta dónde sabía?

—¿Ha leído lo de los huesos que encontraron donde la señal de tráfico? —El artículo estaba debajo del que informaba acerca de la candidatura de Bubba Sewell. «TRABAJADORES MUNICIPALES HALLAN CADÁVER». Era un artículo muy corto; esperaba uno mucho más exhaustivo en el ejemplar de la mañana siguiente. Quizá, pensé de repente, ahora que las autoridades habían encontrado los huesos, trascendería más información acerca del género y la edad en ese otro artículo. Los escasos párrafos de esa mañana decían que los huesos serían enviados a un médico forense para su análisis. Emergí de mis propios pensamientos para encontrarme a Bubba Sewell observándome con aprensión.

—¿Los huesos? —respondió—. ¿Un esqueleto?

—Bueno, le faltaba la calavera —murmuré.

—¿Ha salido en el periódico? —inquirió con frialdad. Había cometido un error. Lo cierto era que la falta de la calavera no había sido mencionada en el artículo de prensa.

—Dios, Bubba —dije fríamente—. No lo sé.

Nos quedamos mirándonos durante un instante.

—Tengo que irme —añadí finalmente—. Los gatos me esperan.

—Oh, claro. —Apretó los labios y luego los relajó—. Bueno, si me necesita, ya sabe dónde puede encontrarme. Por cierto, ¿sabe que me presento a las elecciones?

—Sí. Lo había oído. —Y volvimos a quedarnos mirándonos. A continuación, seguí avanzando por la acera y abrí la puerta. Madeleine salió corriendo hacia la tierra suave de los arbustos. Su caja de arena solo era una opción auxiliar: prefería hacer sus cosas fuera de casa. Para cuando cerré con pestillo la puerta tras de mí, Bubba Sewell ya se había ido.

Capítulo 10

Deambulé inquieta por la casa «nueva» durante unas horas. Era mía, toda mía, pero de alguna manera ya no me sentía tan feliz al respecto. En realidad, prefería mi propia casa, un recinto alquilado y sin espíritu. Era más espaciosa, estaba acostumbrada a ella y me gustaba tener un piso de arriba que no tenía que limpiar si venía alguna visita. Me preguntaba si sería capaz de vivir justo enfrente de Arthur y de Lynn; al lado de la impredecible Marcia Rideout. Los libros de Jane ya rebosaban en las estanterías. ¿Dónde colocaría los míos? Pero si vendía esa casa y me compraba una mayor, probablemente el jardín también lo sería, y nunca había mantenido uno… Si Torrance no hubiera cortado el césped por mí, no habría sabido muy bien por dónde empezar. Quizá podría recurrir a la gente que mantenía los jardines de las casas adosadas.

Dejé que las ideas fluyeran desordenadas en mi mente, decidiendo qué cazos y sartenes se repetían con los que yo tenía para llevármelos a la iglesia baptista local, que almacenaba artículos domésticos para familias que hubieran sufrido algún tipo de desastre en casa. Sumida en la apatía, al final escogí algunas y las saqué hasta el coche tal cual; ya no me quedaban cajas. Me sentía emocionalmente indecisa, incapaz de enzarzarme definitivamente en ninguna tarea específica.

Deseaba dejar mi trabajo.

Pero tenía miedo de hacerlo. El dinero de Jane parecía demasiado bueno para ser cierto. De alguna manera, temía que alguien pudiera arrebatármelo.

Sentía deseos de arrojar la calavera al lago. También me inspiraba temor quienquiera que hubiese reducido una cabeza a ese estado.

Quería vender la casa de Jane porque no me importaba particularmente. Quería vivir en ella porque era mía.

Deseaba que Aubrey Scott me adorase; seguro que la boda con un sacerdote sería especialmente bonita, ¿no? Pero no quería casarme con él, porque ser la esposa de un sacerdote requería de más fuerza interior de la que yo tenía. Una esposa de sacerdote como Dios manda habría salido de la casa con la calavera y habría ido directamente a la comisaría sin pensárselo dos veces. Pero Aubrey parecía un hombre demasiado serio para salir con alguien sin la perspectiva de que la relación fuese a ir en esa dirección.

Llevé los cazos y las sartenes a la iglesia baptista, donde me lo agradecieron tan efusivamente que no pude evitar sentir cierto alivio, haciéndome pensar acerca de mi pobreza de carácter.

De vuelta a la casa nueva, hice una parada en el banco de Jane guiada por un impulso. Llevaba la llave de la caja encima, ¿no? Sí, estaba en el bolso. Entré cargada de dudas, pensando de repente que el banco podría ponerme trabas para acceder al contenido de la caja de seguridad. Pero no fue para tanto. Se lo tuve que explicar a tres personas, pero cuando una de ellas recordó a Bubba Sewell, todo se arregló. Acompañada por una mujer vestida con un sobrio traje de ejecutiva, finalmente llegué a la caja de seguridad de Jane. Hay algo en esos subterráneos donde las mantienen que siempre me hace pensar que al abrir una descubriré un terrible secreto. ¡Todas esas cajas cerradas, la enorme puerta de seguridad, mi acompañante! Accedí a un pequeño cuarto donde solo había una mesa y una silla y cerré la puerta. Entonces abrí la caja, asegurándome de que un contenedor tan pequeño no podía albergar nada tan terrible. No era terrible, sino bonito. Al ver el contenido de la alargada caja de metal, dejé escapar el aliento en un suspiro. ¿Quién habría podido imaginar que Jane quisiera conservar cosas como esas?

Había un broche con forma de lazo, hecho de piedras preciosas, el nudo central de diamantes. Había más joyas y pendientes a juego. Había también una fina cadena de oro con una solitaria esmeralda y un collar de perlas con pulsera a juego. Encontré también varios anillos, ninguno de ellos especialmente llamativo o valioso, pero todos ellos caros y ciertamente bonitos. Me sentí como si acabase de abrir el cofre del tesoro en la cueva de un pirata. ¡Y ahora era mío! No podía asociarles ningún sentimiento, ya que nunca había visto a Jane con ninguno de esos objetos puesto; puede que las perlas sí, había llevado unas a una boda a la que fuimos invitadas las dos. De lo demás, nada me estimuló la memoria. Me probé los anillos. Me estaban un poco grandes. Jane y yo teníamos los dedos pequeños. Me pregunté qué me podría poner con el broche y los pendientes; lucirían estupendos con un chaquetón de invierno blanco, decidí. Pero, mientras sostenía las piezas y las tocaba, sabía que, a pesar de la declaración de Bubba Sewell de que no había nada más en la caja de seguridad, me decepcionó no encontrar una carta de Jane.

Tras conducir de regreso a casa, a pesar de la hora que pasé observando a Madeleine y sus gatitos, fui incapaz de poner los pies en el suelo. Al final me dejé caer en el sofá y puse la CNN mientras leía uno de mis pasajes favoritos del ejemplar de Jane del libro de Jack el Destripador de Donald Rumbelow. Había marcado la página en la que se había quedado con un papel, y por un momento el corazón se me desbocó, pensando que Jane me había dejado otro mensaje, algo más explícito que «Yo no lo hice». Pero no era más que una lista de la compra: huevos, nuez moscada, tomates, mantequilla…

Me incorporé en el sofá. ¡Solo porque ese papel fuese una falsa alarma no quería decir que no hubiese más notas! Jane las colocaría donde pensase que las encontraría. Sabía que solo yo repasaría sus libros. La primera nota la encontré en un libro sobre Madeleine Smith, el principal campo de estudio de Jane. Revisé los demás libros de Jane sobre el caso Smith. Los agité todos.

Nada.

Entonces, quizá ocultase algo en alguno de los libros del caso que más me intrigaba a mí… Pero ¿cuál? Jack el Destripador o el asesinato de Julia Wallace. Ya estaba leyendo el único volumen de Jane que trataba sobre Jack el Destripador. Recorrí sus hojas y no encontré ninguna nota. Jane también tenía un libro sobre Julia Wallace, pero allí tampoco había ningún mensaje. Theodore Durrant, Thompson-Bywaters, Sam Sheppard, Reginald Christie, Crippen… Revolví toda la colección de Jane sobre crímenes auténticos sin obtener resultados satisfactorios.

Entonces recurrí a su colección de ficción, llena de escritoras: Margery Allingham, Mary Roberts Rinehart, Agatha Christie…, la vieja escuela del misterio. Pero Jane tenía una estantería inesperadamente dedicada al género de espada y brujería, así como a la ciencia ficción. No me molesté con esos, al menos en un principio; Jane no habría esperado que yo hurgase allí.

Pero al final también los repasé. Al cabo de dos horas, había agitado, zarandeado y metido mano a todos los libros que había en las estanterías, había contenido el impulso de arrojarlos al suelo cuando terminaba con cada uno apenas por un hilo de sentido común. Incluso había leído todos los sobres del anaquel de las cartas de la cocina, de esos que se compran en las ferias de bricolaje. Todas las cartas parecían ser de organizaciones benéficas y viejas amistades, y las volví a depositar de golpe y de mala gana para repasarlas tranquilamente más adelante.

Jane no me había dejado ningún otro mensaje. Tenía el dinero, la casa, la gata (y sus gatitos), la calavera y esa nota que aseguraba que ella no lo había hecho.

Una apremiante llamada a la puerta delantera me hizo saltar. Había estado sentada en el suelo, tan perdida en mi propio abatimiento que no había oído a nadie acercarse. Me levanté y fui a mirar por la mirilla. Abrí la puerta. La mujer estaba tan bien acicalada como Marcia Rideout, tan fresca como una zanahoria; no sudaba por el calor. Era varios centímetros más alta que yo. Se parecía a Lauren Bacall.

—¡Madre! —dije, sintiendo que la felicidad me inundaba, y le di un breve abrazo. Me quería, sin duda, pero no le gustaba arrugarse la ropa.

—Aurora —murmuró, y me acarició el pelo.

—¿Cuándo has vuelto? ¡Entra!

—Llegué anoche a última hora —explicó, entrando y paseando la mirada por la estancia—. Intenté llamarte esta mañana al levantarnos, pero no estabas en casa. Tampoco estabas en la biblioteca. Así que, al cabo de un rato, decidí llamar a la oficina y Eileen me dijo lo de la casa. ¿Quién es esa mujer que te ha dejado tal herencia?

—¿Cómo está John?

—No, no me cambies de tema. Sabes que te contaré todo el viaje más tarde.

—Jane Engle. John sabe... John la conoce también. Estaba en Real Murders.

—Menos mal que se disolvió —dijo mi madre con cierto alivio. Hubiese sido difícil para ella que John asistiese a las reuniones de un club que consideraba una faceta más de la obscenidad.

—Sí. Bueno, Jane y yo éramos amigas del club, ella nunca se casó, así que, al morir, me dejó todas sus... propiedades.

—Sus propiedades —repitió mi madre. Su voz derivó hacia un tono más duro—. Y, si no te importa que pregunte, ¿en qué consisten esas propiedades?

Podía decírselo o cerrarme en banda. Si no se lo contaba, le bastaría con tirar de algunos hilos hasta descubrirlo por sus propios medios, y no le faltaban hilos de los que tirar.

—Jane Engle era hija de la señora de John Elgar Engle —dije.

—¿La misma que vivía en esa increíble mansión de Ridgemont? ¿La que la vendió por ochocientos cincuenta mil porque necesitaba una reforma?

Mi madre conoce muy bien su negocio.

—Sí, Jane era su hija.

—Tuvo un hijo, ¿no?

—Sí, pero murió.

—Fue apenas hace diez o quince años. No pudo haberse gastado todo el dinero, viviendo aquí. —Mi madre tasó la casa al momento.

—Creo que esta casa estaba casi pagada cuando murió la vieja señora Engle —dije.

—Así que la heredaste —comentó mi madre—, ¿y…?

—Y quinientos cincuenta mil dólares —respondí sin rodeos—. Aproximadamente, así como algunas joyas.

La boca de mi madre se quedó abierta. Creo que era la primera vez en mi vida que la dejaba sin palabras. No es una persona precisamente avara, pero profesa un gran respeto por los patrimonios económicos e inmobiliarios, y es la vara con la que mide su propio éxito profesional. Se sentó bruscamente en el sofá y cruzó automáticamente sus elegantes piernas enfundadas en su ropa de sport de diseño. Como mucho se pone pantalones holgados cuando está de vacaciones, cuando acude a fiestas en piscinas y los días que no trabaja; antes preferiría asarse que llevar pantalones cortos.

—Y también tengo una gata y sus gatitos —continué maliciosamente.

—Una gata —repitió mi madre, ausente.

Justo entonces, la cuestión felina entró en el salón, seguida por una retahíla de desamparados maullidos de los gatitos, procedentes del armario de Jane. Mi madre descruzó las piernas y se inclinó hacia Madeleine, como si nunca hubiese visto una gata. Madeleine fue directamente a los pies de mi madre, alzó la vista para mirarla un momento y saltó sobre el sofá con un movimiento fluido para acurrucarse en su regazo. Mi madre estaba tan horrorizada que no se movió.

—¿Esta —dijo— es la gata que has heredado?

Le expliqué lo de Parnell Engle y la odisea de Madeleine por tener a su camada en «su» casa.

Mi madre no tocó a Madeleine, ni agitó las piernas para que se fuera.

—¿De qué raza es? —preguntó rígidamente.

—Es una gata cruzada —dije, sorprendida. Entonces me di cuenta de que mi madre estaba tasando la gata—. ¿Quieres que la aparte?

—Por favor —respondió, aún con tensión en la voz.

Al fin lo comprendí. Mi madre tenía miedo de la gata. De hecho, estaba aterrada. Pero, siendo como era, jamás lo admitiría. Esa era la razón por la que nunca tuvimos gatos cuando era niña. Todos sus argumentos sobre que todo acababa con pelos y tener que limpiar la caja de arena no eran más que excusas.

—¿Los perros también te dan miedo? —pregunté, fascinada.

Retiré cuidadosamente a Madeleine del regazo de mi madre y la acaricié detrás de las orejas mientras la sostenía. Obviamente prefería el regazo de mi madre, pero se conformó conmigo durante unos segundos, antes de exigir que la soltase. Trotó hasta la cocina para usar su caja de arena, seguida por la mirada horrorizada de mi madre. Me empujé las gafas sobre la nariz para poder ver mejor su inédito aspecto.

—Sí —admitió, y apartó la mirada de Madeleine para mirarme a la cara. Alzó la guardia de inmediato—. Nunca me han gustado las mascotas. Por el amor de Dios, cómprate unas lentillas y deja de jugar con esas gafas —dijo con gran firmeza—. Bueno, entonces ahora tienes mucho dinero.

—Sí —asentí, aún cautivada por el aspecto de mi madre que acababa de conocer.

—¿Y qué piensas hacer?

—No lo sé. Aún no he hecho planes. Claro que aún queda el papeleo del traspaso de titularidad, pero no debería llevar mucho tiempo, según Bubba Sewell.

—¿Es el abogado que lleva el asunto?

—Sí, es el albacea testamentario.

—Es bueno.

—Sí, lo sé.

—Es ambicioso.

—Se presenta a las elecciones.

—Entonces lo hará todo bien. Presentarse a las elecciones es como permitir que se te examine al microscopio.

—Me pidió salir, pero le dije que no.

—Buena decisión —aceptó mi madre, para mi sorpresa—. Nunca es bueno mezclar las relaciones personales con las transacciones económicas o los acuerdos financieros.

Me pregunté qué opinaría sobre mezclar relaciones personales con religión.

—Bueno, ¿y te lo has pasado bien? —pregunté.

—Sí, mucho. Pero John enfermó con una especie de gripe y tuvimos que volver a casa. Ha pasado lo peor, y espero que mañana esté recuperado del todo.

—¿Es que no quiso quedarse allí hasta recuperarse? —No era capaz de imaginarme viajando con fiebre.

—Se lo sugerí, pero dijo que no quería quedarse en un hotel de vacaciones estando enfermo, mientras los demás se divertían. Quería estar en su propia cama. Se empecinó bastante al respecto. Sin embargo, hasta ese momento, tuvimos una luna de miel fantástica. —Los rasgos de mi madre se suavizaron mientras decía eso y, por primera vez, asumí íntimamente que ella estaba enamorada, quizá no de forma tan empalagosa como Amina, pero sin duda sentía los vértigos del amor.

Caí en la cuenta de que John había vuelto y se había metido en la cama de mi madre, en vez de en la suya.

—¿Ha vendido John su casa ya? —pregunté.

—Uno de sus hijos la quería —dijo con el tono más esquivo que pudo entonar—. Avery, el que está esperando el bebé. Es una gran mansión antigua, como ya sabes.

—¿Cómo se ha sentido John David al respecto? Tampoco es que sea asunto mío. —John David era el segundo hijo de John.

—Jamás se me ocurriría aconsejar a John sobre cómo llevar sus asuntos familiares —respondió mi madre indirectamente—, ya que John y yo firmamos un acuerdo prenupcial acerca de los aspectos económicos.

Eso era una novedad, y sentí una clara oleada de alivio. Nunca me había parado a pensarlo antes, pero todas las complicaciones que surgirían al contar las partes con hijos ya mayores me asaltaron de repente. Solo había pensado en lo que dejaría mi madre al morir, hoy mismo. Era tan consciente de la propiedad que debí saber que habría cuidado cada detalle.

—Así que no le he asesorado al respecto —me contaba mi madre—, pero él pensó en voz alta cuando intentaba dar con la solución más justa.

—Eres la persona más apropiada a la que recurrir cuando se trata de asuntos inmobiliarios.

—Bueno, sí que me preguntó cuál era el valor de la casa en el mercado actual.

—¿Y?

—Hice que la tasaran, y creo…, ahora no lo sé, pero lo creo…, que dio a John David el valor de la casa en metálico y la incluyó en el testamento a favor de Avery.

—¿Es que John David no quería la casa?

—No, su trabajo exige que se mude cada pocos años, y no le veía sentido a poseer una casa en Lawrenceton.

—Un buen arreglo.

—Ahora te diré lo que hice respecto a mi casa.

—¡Oh, mamá! —protesté.

—No —dijo ella firmemente—. Tienes que saberlo.

—Vale —acepté, reacia.

—Creo que todo el mundo necesita saber que hay una casa que es suya —expresó—. Y como John ha renunciado a la suya, le he dejado la mía mientras viva. Así que, si muero antes que John, podrá quedarse en ella hasta que muera. Pensé que era lo más correcto. Pero, cuando él muera, será tuya para que dispongas de ella como te plazca, por supuesto.

Al parecer, era temporada alta de que me incluyeran en testamentos. De repente me di cuenta de que mi madre me dejaría su negocio y todo su dinero, así como la casa; además del dinero de Jane y su pequeña casa. No necesitaría volver a trabajar un solo día en lo que me quedara de vida.

Qué perspectiva más desconcertante.

—Cualquier cosa que hagas me parecerá bien —dije apresuradamente, dándome cuenta de que mi madre me miraba de forma extraña—. No quiero hablar de ello.

—Alguna vez tendremos que hacerlo —me advirtió.

¿Qué le pasaba hoy? ¿Acaso el matrimonio le había despertado y reforzado la consciencia de su propia moralidad? ¿Acaso había firmado el acuerdo prenupcial con todas esas estipulaciones por lo que pudiera pasar a su muerte? Acababa de volver de su luna de miel. Debería sentirse más alegre.

—¿Por qué me estás contando todo esto ahora? —pregunté a bocajarro.

Se pensó la respuesta.

—No lo sé —dijo con perplejidad—. La verdad es que no esperaba sacar el tema al venir aquí. Quería hablar del hotel, la playa y el *tour* que hicimos, pero por alguna razón me he desviado del tema. Quizá, cuando salió lo de que Jane Engle te había dejado sus cosas, me dio por pensar en lo que yo te dejaría a mi vez. Aunque, por supuesto, ya no lo necesitarás tanto. Se me hace extraño que Jane le dejara todo su dinero y propiedades a alguien que no sea de su familia, alguien que ni siquiera era una amiga íntima.

—A mí también me extraña, mamá —admití. No quería decirle que Jane me lo había dejado todo porque se veía a sí misma en mí: soltera y amante de los libros; y puede que también obedeciera a alguna otra razón: a ambas nos fascinaba la muerte en las páginas de un libro—. Y no serás la única.

Meditó la idea durante un momento. Aguardó delicadamente a ver si la iluminaba con las razones de Jane.

—Me alegro por ti —dijo mi madre al cabo de un minuto, asumiendo que no iba a ofrecerle más información acerca de mi relación con Jane—. Y no creo que debamos preocuparnos por lo que diga la gente.

—Gracias.

—Debo volver con mi marido enfermo —dijo con afecto.

Qué raro se me hacía escuchar eso. Le esbocé una sonrisa sin pensar demasiado.

—Yo también me alegro por ti —le respondí con toda honestidad.

—Lo sé. —Cogió sus llaves y su bolso y me levanté para acompañarla hasta su coche.

Me estaba contando que una vieja amiga quería celebrar una cena con ella y con John, y yo me preguntaba si debería pedirle a Aubrey Scott que me acompañara cuando Marcia Rideout apareció en su puerta. Lucía otro conjunto de pantalones cortos a juego y maravillosamente planchados, y su pelo estaba un poco más rubio, o eso me pareció a mí.

—¿Es tu madre a quien veo contigo? —exclamó cuando estaba a media distancia del camino privado—. ¿Tenéis un momento?

Ambas aguardamos con sonrisas amables y expectantes.

—Aida, puede que no me recuerdes —dijo Marcia, la cabeza inclinada tímidamente hacia un lado—, pero las dos estuvimos en el comité del Fallfest hace un par de años.

—Oh, por supuesto —dijo mi madre con una calidez profesional en la voz—. El festival salió muy bien ese año, ¿verdad?

—Sí, pero trabajamos de lo lindo, ¡más de lo que esperaba! Escucha, estamos todos muy emocionados de que Roe se venga a vivir a nuestra calle. No sé si te lo ha contado ya o no, tengo entendido que has estado fuera por tu luna de miel, pero Torrance y yo vamos a agasajar a Aurora y a nuestros demás vecinos —informó Marcia, indicando con un gesto de su impecable cabeza hacia la casa de las persianas amarillas, al otro lado de la calle— con una pequeña fiesta mañana por la noche. Nos encantaría que tu nuevo marido y tú nos acompañarais.

Nada es capaz de desconcertar a mi madre.

—Nos encantaría, pero me temo que John ha vuelto de las Bahamas con un poco de fiebre —explicó—. Pero te diré una cosa: quizá pueda pasarme yo sola para acompañaros unos minutos, aunque sea para conocer a los nuevos vecinos de Aurora. Si mi marido se encuentra mejor, quizá venga también. ¿Puedo dejar ese detalle pendiente?

—Oh, por supuesto, pobre hombre, ¡fiebre con el tiempo que hace! ¡Y durante su luna de miel! ¡Dios lo bendiga!

—¿Quiénes son los otros recién llegados al vecindario? —preguntó mi madre para aplacar la compasión de Marcia.

—Un detective de policía y su esposa; están recién casados. ¡Ella también es detective de policía! Y está a punto de tener un bebé. ¿No es emocionante? Creo que nunca había conocido un detective hasta que se mudaron aquí, y ahora tenemos dos. ¡Ahora deberíamos sentirnos más seguros que nunca! Hemos padecido muchos allanamientos en esta calle a lo largo de los últimos años, pero estoy segura de que tu hija está lo más segura posible —matizó Marcia apresuradamente.

—Ese detective no será Arthur Smith, ¿verdad? —preguntó mi madre. Noté la gelidez que subyacía en sus palabras. Noté también que mis mejillas se encendían. No sabía hasta qué punto ella sabía o se imaginaba mi relación con Arthur, pero tenía la sensación de que contaba con una idea bastante nítida. Aparté un poco la cara con el pretexto de empujarme las gafas hacia arriba.

—Sí, es un joven de lo más solemne, y también muy guapo. Por supuesto, no tanto como el hombre con el que Roe está saliendo —añadió Marcia con un guiño.

—¿Ah, no? —dijo mi madre alegremente. Me mordí el labio superior.

—Oh, qué va. Ese sacerdote es alto y moreno. ¿Sabes?, por mi matrimonio con Torrance, que me gustan los hombres altos y morenos. ¡Y ese bigote! Puede que no sea lo más adecuado refiriéndose a un hombre con hábitos, pero es de lo más sexi.

Mi madre sopesó la descripción.

—Pues cuenta conmigo, intentaré venir por todos los medios. Gracias por la invitación —terminó de forma educada e indiscutiblemente concluyente.

—Volveré a seguir limpiando la casa —dijo Marcia, alegre, y, tras un coro de despedidas, se giró y emprendió la marcha.

—¿Sales con el padre Scott? —me preguntó mi madre cuando estuvo segura de que Marcia no podía oírnos—. ¿Y ya has terminado con ese ridículo policía?

—Sí, y sí.

Mi madre pareció bastante desconcertada durante un momento.

—Has rechazado una cita con Bubba Sewell, has terminado con ese Arthur Smith y sales con un sacerdote —dijo como si enumerase una lista de la compra—. Después de todo, aún queda esperanza para tu vida romántica.

Despidiéndola con la mano mientras veía su coche alejarse, me sentí positivamente satisfecha al pensar en la calavera metida en su bolsa de las mantas.

Capítulo 11

En un estallido de energía matutina, me encontraba cantando bajo la ducha cuando sonó el teléfono. Benditos sean los contestadores automáticos, porque no interrumpí mi particular versión del himno nacional. La ducha es probablemente el único lugar donde debería cantarse el himno nacional, sobre todo en casos de franca limitación vocal, categoría que sin duda me incluía a mí. Mientras me enjuagaba el champú del pelo, hice un popurrí de mis anuncios favoritos. Como broche final, mientras me secaba con la toalla, gorjeé *Three Little Ducks*.

Vivir sola tiene sus ventajas cuando quieres cantar sin que nadie te oiga.

No sabría decir por qué me encontraba de un humor tan festivo. Tenía por delante cinco horas de trabajo para luego volver al adosado a prepararme para la fiesta. Me alegraba la perspectiva de ver a Aubrey, aunque tampoco se me caía la baba. Empezaba a acostumbrarme a la idea de ser rica, aunque la palabra aún me provocaba escalofríos en la espalda. Aún tenía que decidir qué hacer con la calavera. Bizqueé delante de mi espejo de maquillaje y me puse un poco de sombra de ojos.

—Voy a dejar el trabajo —le dije a mi reflejo, sonriente.

¡Qué placer me provocaba poder decir eso! ¡Tomar una decisión como esa! El dinero era maravilloso.

Recordé que tenía un mensaje en el contestador y pulsé el botón de reproducción, sonriendo hacia mi reflejo en el espejo como una idiota, y con el secador lanzando una ventolera caliente que me revolvió el pelo, convirtiéndolo en un nimbo negro alrededor de mi cabeza.

«¿Roe?», dijo la voz, débil e insegura. «Soy Robin Crusoe, te llamo desde Italia. Llamé a casa y Phil me dio el mensaje… El chico que subarrienda mi piso. ¿Te encuentras bien? Me dijo que Arthur se ha casado con otra. ¿Podría ir a verte cuando vuelva de Europa? Si no te parece bien, manda un recado a mi antigua dirección. Bueno, escríbeme de todos modos y lo recibiré cuando vuelva. Creo que será dentro de unas pocas semanas, probablemente el mes que viene. Puede que antes, me estoy quedando sin dinero. Adiós».

Me quedé petrificada en cuanto oí su voz. Me quedé sentada, respirando profundamente, durante un momento, con el cepillo del pelo en la mano y los dientes mordiéndome el labio inferior suavemente. El corazón me latía muy deprisa, he de admitirlo. Robin había sido mi inquilino, mi amigo y casi mi amante. Tenía muchas ganas de volver a verlo. Ahora tendría el placer de escribir una nota donde diría muy delicadamente que deseaba, sin lugar a dudas, que viniese a verme cuando volviese. No quería que se llevase la impresión de que estaba en Lawrenceton con la lengua fuera y jadeante, pero quería que viniese, si es que sentía lo mismo a varias semanas vista. Y yo también. Podría tomarme mi tiempo para redactar la nota.

Me cepillé el pelo, que empezó a chisporrotear y a rebelarse contra la gravedad con más ahínco si cabe. Conseguí dominarlo poniendo una cinta elástica hacia la mitad, algo menos firme que una cola de caballo como Dios manda. Intenté hacer un frívolo lazo sobre la cinta. Aun así, me puse una de mis indumentarias de bibliotecaria que tanto disgustaban a Amina: una falda azul marino lisa de longitud neutra con una blusa a rayas a juego, medias prácticas y cómodas y unos zapatos nada atractivos, pero muy cómodos. Me limpié las gafas, las empujé sobre la nariz, asentí ante mi reflejo en el espejo de cuerpo entero y bajé las escaleras.

Si hubiese sabido bailar un chachachá, creo que lo habría hecho mientras subía la rampa que unía el aparcamiento de los empleados con la propia biblioteca.

—¡Qué contenta vienes hoy! —dijo Lillian amargamente, dando un sorbo a su taza de café en la mesa donde arreglábamos los libros dañados.

—Sí, señora —respondí, depositando mi bolso en la pequeña taquilla, echando después el cierre. El único título que había reclamado jamás como bibliotecaria de Lawrenceton era que nunca había perdido la llave de mi taquilla. La mantenía en un broche de seguridad que me adhería a la falda o la blusa. Esta vez me lo puse en el cuello de la blusa y me dirigí hacia el despacho del señor Clerrick, tarareando una melodía militar. O lo que yo creía que era una melodía militar.

Llamé a la puerta entreabierta y asomé la cabeza. El señor Clerrick ya estaba enzarzado con un montón de papeles, una humeante taza de café junto a su codo y un cigarrillo encendido en el cenicero.

—Buenos días, Roe —dijo, levantando la vista del escritorio. Sam Clerrick era un hombre casado y padre de cuatro hijas, y desde que trabajaba en la biblioteca eso significaba que estaba rodeado de mujeres desde que se despertaba hasta que volvía a acostarse. Cabría pensar que habría aprendido a tratarlas, pero su mayor y más evidente fracaso se había dado en el terreno de la gestión de personal. Nadie podría acusar jamás a Sam Clerrick de pasarse mimando a nadie o de favoritismo; ninguna de nosotras le importábamos, no tenía la menor idea de cómo eran nuestras vidas fuera del trabajo y no hacía concesión alguna por la personalidad de nadie o sus preferencias laborales. Jamás llegaría a gustarle a nadie, pero tampoco podrían acusarlo de ser injusto.

Siempre me sentía un poco nerviosa cuando me encontraba frente a alguien que mantenía sus cartas emocionales tan cerca de su pecho como Sam Clerrick. De repente, irme no me pareció algo tan sencillo.

—Voy a dejar el trabajo —espeté tranquilamente, aferrándome a lo que me quedaba aún de valor. Cuando se me quedó mirando, ese rescoldo empezó a enfriarse—. En cualquier caso vengo a media jornada, no creo que me necesites tanto.

Siguió contemplándome por encima de sus gafas de media montura.

—¿Me estás preavisando o te vas desde ya mismo?

—No lo sé —contesté tontamente. Tras pensarlo un momento, añadí—: Como tienes al menos tres bibliotecarias sustitutas en la lista, y sé que al menos dos de ellas estarían encantadas con un puesto a media jornada, he decidido dejarlo cuando acabe el turno de cinco horas.

—¿Hay algún problema del que podamos hablar?

Entré del todo en el despacho.

—El trabajo no está mal —le señalé—. Pero es que ya no lo necesito, desde un punto de vista económico, y siento que necesito un cambio.

—No necesitas el dinero —dijo, sorprendido.

Él era probablemente la única persona que trabajaba en la biblioteca, y puede que la única de Lawrenceton, que aún no estaba al corriente de mi herencia.

—He recibido una herencia.

—Dios mío, no habrá muerto tu madre, ¿verdad?

De hecho, se había preocupado tanto que dejó el lapicero sobre el escritorio.

—No, una conocida.

—Oh, bien. Bueno, lamento que te marches, a pesar de que el año pasado fuiste mi empleada más famosa. Supongo que ha pasado el tiempo.

—¿Pensaste en despedirme entonces?

—En realidad lo estaba posponiendo hasta que matases a Lillian.

Me lo quedé mirando con la expresión en blanco hasta que asumí el asombroso hecho de que Sam Clerrick había hecho un chiste. Empecé a reír, él también, y de repente pareció un ser humano.

—Ha sido un placer —dije, siendo sincera por primera vez, y me volví para salir del despacho.

—Tu seguro seguirá vigente durante un mes —respondió por detrás.

Quiso la suerte que esa mañana en el trabajo se me hiciera angustiosamente lenta. No quería decir a nadie que lo dejaba hasta que llegara el momento de marcharme, así que opté por esconderme entre los libros durante toda la mañana, repasando las estanterías, limpiando el polvo y llevando a cabo todo tipo de tareas triviales. No me tomé una pausa para almorzar, ya que mi turno solo duraría cinco horas; se suponía que debía llevar algo yo misma o encargar a alguna de las compañeras que me trajera algo de comida rápida y comer a toda prisa. Pero eso significaría almorzar en la sala de descanso, y eso suponía que seguramente no estaría sola, y mantener una conversación sin revelar mis intenciones se consideraría fraudulento, en cierto sentido. Así que me escabullí por aquí y por allí, haciéndome notar lo menos posible, y cuando dieron las dos estaba famélica. Luego tuve que pasar por el ritual de las despedidas; que si he trabajado muy a gusto contigo, que si vendré a menudo a por libros para que nos veamos…

Me entristeció más de lo que pensaba. Incluso despedirme de Lillian no me supuso el inmenso placer que esperaba. Echaría de menos su presencia, porque ella me hacía sentir muy virtuosa e inteligente por contraste, pensé con algo de vergüenza. Yo no lloriqueaba por cada cambio minúsculo en la rutina laboral, no aburría a los demás con relatos detallados de acontecimientos aburridos y sabía quién era Benvenuto Cellini. Pero recordé que Lillian se había mantenido a mi lado cuando las cosas se pusieron tan feas durante los asesinatos, meses antes.

—Quizá ahora puedas dedicarte a cazar un marido a jornada completa —dijo Lillian a modo de despedida, y mi vergüenza se desvaneció por completo. Entonces leí en su cara que lo único que ella tenía y yo podía desear era un marido.

—Ya veremos —le contesté, manteniendo las manos a la espalda para no estrangularla.

Cogí mi bolso y devolví la llave de mi taquilla, antes de salir por la puerta trasera por última vez.

Fui directamente a la tienda de alimentación. Quería algo para comer, quería algo que meter en la nevera de la casa de Honor y picar el tiempo que pasase allí. Recorrí

204

la tienda, echando cajas y bolsas de comida al carro con desidia. Celebré el abandono de mi trabajo con la compra de uno de esos platos al microondas realmente caros, esos que llevan un plato elegante y reutilizable. Empezaba a ser una costumbre, al menos en lo que a comer se refería. Quizá a partir de ahora tendría tiempo de cocinar. Pero ¿hasta qué punto quería ahondar en el arte culinario? Podía limitarme a hacer unos espaguetis o elaborar una torta de cereales. ¿Necesitaba aprender otras cosas? Me debatí interiormente en la duda mientras perdía la mirada en el microondas, en mi adosado.

Podía decidir lo que se me antojase. Ahora era una mujer de antojos.

Me gustaba cómo sonaba.

La mujer de antojos decidió celebrarlo comprando ropa nueva que ponerse en la fiesta de los Rideout. Decidí que no iría a Great Day; haría buen uso de mi dinero e iría a Marcus Hatfield. Normalmente, Marcus Hatfield me ponía nerviosa; pensaba que no era más que una versión limitada de los grandes almacenes de Atlanta; la oferta era enorme y las vendedoras demasiado agresivamente emperifolladas. Quizá mi contacto con Marcia me estaba acostumbrando al emperifollamiento inmaculado; sentía que hasta sería capaz de afrontar el mostrador de cosmética sin siquiera pestañear.

Me arreglé la falda y enderecé la espalda antes de entrar. Podía comprar lo que me viniese en gana en esa tienda, me recordé. Atravesé la entrada con mi deprimente indumentaria de bibliotecaria. Enseguida me asedió una vendedora de finas curvas, un vivo estampado de flores, uñas perfectas y maquillaje sutil, como una visión.

—Hola, vecina —exclamó la visión. Era Carey Osland con su indumentaria de trabajo. Entendía por qué prefería los mocasines y las batas de andar por casa. Tenía un aspecto maravilloso, casi apetitoso, pero claramente incómodo—. Me alegro de verte —me decía Carey mientras decodificaba su identidad.

—Lo mismo digo —logré decir.

—¿En qué puedo ayudarte?

—Necesito algo nuevo para ponerme esta noche.

—Para la fiesta de la terraza.

—Así es. Los Rideout son muy amables al darla.

—Marcia adora agasajar. Nada le gusta más que recibir montones de visitas a la vez.

—Dijo que no lo pasaba bien cuando su marido tenía que pasar tiempo fuera.

—No. Supongo que te habrás dado cuenta de que en esos momentos bebe un poco de más. Hace lo mismo desde que la conozco, supongo…, aunque admito que no la conozco demasiado bien. Conoce a mucha gente en la ciudad, pero nunca parece estrechar lazos con nadie. ¿Pensabas en ropa informal o prefieres algo más elegante?

—¿Cómo?

—Para la fiesta.

—Oh, disculpa, se me ha ido la cabeza. Eh…, ¿tú qué vas a ponerte?

—Oh, yo estoy demasiado gorda para enseñar carnes —dijo Carey alegremente—. Pero seguro que tú estás guapísima con un vestido de verano; y para que no sea excesivamente formal, deberías ponerte unas sandalias planas y no pasarte demasiado con las joyas.

Examiné dubitativa el vestido que Carey me había sacado. La señora Day jamás me habría sugerido algo así. Pero también era verdad que ella tampoco tenía muchas cosas así en su tienda. Era blanco y naranja, muy bonito, pero también muy *casual*, y enseñaba demasiado la espalda.

—No podría ponerme sujetador con eso —señalé.

—Oh, no —convino Carey con calma.

—Se me movería todo —dije dubitativa.

—Tú pruébatelo —me invitó Carey con un guiño—. Si no te gusta, tenemos todo tipo de conjuntos de pantalón corto y pantalones ligeros la mar de monos. Cualquiera de ellos irá bien también, pero tú ponte este.

Casi nunca había tenido que desnudarme prácticamente para probarme ropa. Me enfundé el vestido y me impulsé varias veces arriba y abajo con los pies, los ojos clavados en el espejo del probador. Intentaba evaluar el grado de zarandeo de mis pechos. Soy una mujer con un pecho bastante grande, para mi altura, y ahí notaba que se me movía demasiado.

—¿Cómo va eso? —preguntó Carey desde el exterior.

—Oh… No sé —dije, sin salir de mis dudas. Volví a botar—. Ten en cuenta que voy a ir con un sacerdote.

—Es humano —observó Carey—. Dios también creó las tetas.

—Es verdad —contesté, volviéndome para verme la espalda. Muy descubierta—. No me puedo llevar esto, Carey —le comenté.

—Déjame ver.

Reacia, abrí la puerta del probador.

—Caramba —exclamó Carey—. Estás estupenda —dijo con ojos entrecerrados—. Muy sexi —añadió con un susurro conspirativo.

—Es que me siento demasiado llamativa. Tengo frío en la espalda.

—Le encantará.

—Yo no estaría tan segura.

Me miré en el espejo grande del final del pasillo de los probadores. Lo sopesé. No, decidí finalmente. No podía salir así vestida con alguien con quien no me acostaba.

—No creo que me lo ponga esta noche. Tengo que encontrar otra cosa —le dije a Carey—. Pero creo que lo compraré de todos modos.

Carey dejó salir del todo la vendedora que llevaba dentro. El vestido naranja y blanco desapareció de mis manos para acabar en una percha y me trajo otras cosas para probármelas. Carey estaba empeñada en que quería ir en plan sexi y sofisticada, y yo me arrepentí de no haber optado por Great Day. Finalmente encontramos unos pantalones cortos de algodón y una camiseta que era todo un compromiso. La camiseta era de cuello ancho, blanca con estampado de círculos, y los pantalones, rojos, eran muy amplios, como una especie de falda, con un ancho cinturón de atar que iba a juego con la camiseta. Sin duda se me veía mucha piel, pero al menos no era la espalda. Carey me propuso unas sandalias rojas y un brazalete y pendientes a juego antes de que la tuviese que detener.

Al volver a mi adosado para dejar allí las prendas recién adquiridas, llamé a Aubrey a la iglesia.

—¿De parte de quién? —preguntó la secretaria de la iglesia cuando pedí que me lo pasaran.

—Roe Teagarden.

—¡Oh! —exclamó ella sin aliento—. Claro, Roe, voy a buscarlo. Es un hombre adorable, aquí en Saint John lo adoramos.

Me quedé mirando el teléfono durante un segundo antes de darme cuenta de que me estaban dando un empujoncito en mi esfuerzo por ganarme el corazón de su sacerdote. La congregación de Saint John debía de pensar que había llegado el momento de que su líder se casase otra vez, y yo debía de parecer lo suficientemente respetable a primera vista como para resultar una candidata adecuada.

—¿Roe?

—Hola, Aubrey —dije, sacudiéndome de mis propios pensamientos—. Oye, ¿te importaría que nos viésemos en mi casa de Honor en vez de pasar a recogerme aquí? Quiero dar de comer a la gata antes de la fiesta.

—Claro que no. ¿Tenemos que llevar algo, como una botella de vino? Imagino que les gustaría. —Buena idea por parte de Aubrey—. Es informal, ¿verdad?

—Se va a celebrar en su terraza, así que las probabilidades son muy elevadas.

—Bien, pues nos veremos en tu nueva casa a las siete.

—Perfecto.

—Estoy deseando que llegue la hora —me dijo en voz baja.

—Yo también.

Llegué allí temprano y metí el coche hasta el fondo del garaje para dejar espacio a Aubrey. Tras atender las necesidades de Madeleine, pensé en la ropa que aún seguía en los cajones de Jane. Había despejado el armario en sí, pero no los cajones. Abrí uno al azar para ver su contenido. Resultó ser donde Jane guardaba sus cosas de dormir. Tenía un inesperado gusto para los camisones. No eran precisamente los que habría esperado en una señora mayor como ella, aunque tampoco eran especialmente sugerentes. Saqué el más bonito, uno rosa de nailon, y decidí que podría quedármelo. Y entonces pensé que podría pasar la noche allí. Por alguna razón, la idea me pareció divertida. Las sábanas estaban limpias; las había cambiado una asistenta contratada tras la marcha de Jane al hospital. Y allí mismo tenía un camisón. Solo tenía que meter algo de comida en la nevera. El aire acondicionado funcionaba. Había un cepillo para los dientes en su envoltorio en el baño y un tubo de pasta abierto. Sabría lo que era despertarme en mi nueva casa.

Sonó el timbre de la puerta, anunciando la llegada de Aubrey. Fui a abrir algo azorada por el amplio cuello de la camiseta. Por supuesto, los ojos de Aubrey fueron directamente al canalillo.

—Deberías haber visto el que no me compré —dije a la defensiva.

—¿Tanto se me ha notado? —preguntó, un poco avergonzado.

—Carey Osland me señaló que Dios también creó las tetas —le dije, y cerré los ojos deseando que el suelo me tragase.

—Carey Osland dice la verdad —respondió fervientemente—. Estás preciosa.

Aubrey tenía una gran facilidad para acabar con el bochorno de las situaciones delicadas.

—Tú también estás muy guapo —le dije. Sus atuendos eran adecuados para el noventa por ciento de los eventos sociales de Lawrenceton: una camisa azul marino y unos pantalones holgados caqui, con mocasines.

—Bueno, ahora que nos hemos admirado mutuamente, ¿no será mejor que nos vayamos?

Eché un vistazo a mi reloj.

—Justo a tiempo.

Me ofreció su brazo como un ujier en una boda, y no pude evitar reírme al aceptárselo.

—Voy a ser dama de honor otra vez —le dije—. Y ya sabes lo que cuentan de las mujeres que son damas de honor tantas veces. —Entonces me sentí furiosa conmigo misma por volver a sacar el tema de las bodas.

—Suelen decir: «Qué dama de honor más guapa» —contestó Aubrey con delicadeza.

—Es verdad —confirmé, aliviada. Si no era capaz de hacerlo mejor, más me valdría mantener la boca cerrada en lo que quedaba de noche.

Tras un primer vistazo a Marcia, supe que vivía para ocasiones como esa. La comida incluso estaba cubierta por unas mallas para mantener a raya a los insectos, un toque de lo más práctico en Lawrenceton en pleno verano. Los manteles dispuestos en las mesas repartidas por la terraza estaban almidonados y no podían ser más blancos. Marcia presentaba su aspecto más cuidado, tan almidonada y brillante como sus manteles, con unos pantalones cortos azules de algodón y blusa a juego. Lucía unos generosos pendientes y las uñas perfectamente pintadas, tanto las de las manos como las de los pies. Lanzó exclamaciones de admiración cuando le entregamos la botella de vino y nos preguntó si queríamos una copa en ese momento. Rehusamos educadamente y ella entró en casa para meterla en la nevera, mientras Torrance, excepcionalmente moreno con sus pantalones y su camisa blancos a rayas, tomaba nota de lo que queríamos tomar. Ambos optamos por unos *gin-tonics* con mucho hielo, y fuimos a sentarnos en el banco de obra que rodeaba la amplia terraza. Aubrey se sentó muy cerca de mí.

Carey y Macon vinieron justo detrás de nosotros y les presenté a Aubrey. Macon lo había conocido anteriormente, en un consejo pastoral que había cubierto para el periódico, y pronto se enzarzaron en una ferviente conversación acerca de lo que el consejo esperaba lograr en los próximos meses. Carey echó un vistazo a mi ropa y guiñó el ojo. Mientras los hombres seguían a lo suyo, nosotras charlamos sobre el buen aspecto de Marcia y de la fiesta. Entonces, una pareja que vivía en la casa frente a la de Carey, los McLean, se acercaron para presentarse, dando por sentado que Aubrey y yo éramos los propietarios de la casa de Jane, que vivíamos juntos allí. Mientras aclarábamos ese punto, llegaron Lynn y Arthur. Lynn estaba hinchadísima y obviamente muy incómoda con sus pantalones cortos de premamá. Arthur parecía un poco preocupado y dubitativo. Cuando lo vi…, no sentí nada.

Cuando Arthur y Lynn se las arreglaron para llegar hasta nosotros, él parecía haberse sacudido de encima lo que fuese que le atribulaba. Lynn también parecía un poco más contenta.

—Antes no me sentía muy bien —confesó mientras Arthur y Aubrey buscaban algo de lo que hablar—, pero parece que, de momento, estoy mejor.

—¿Qué te pasaba?

—Molestias, como de gases —dijo con la boca muy apretada—. En serio, nunca me había sentido tan mal en mi vida. Todo lo que como me da náuseas y la espalda me está matando.

—¿Te falta mucho para salir de cuentas?

—Todavía me quedan dos semanas.

—¿Coincidiendo con la última cita con el ginecólogo?

—En el último mes se va todas las semanas —dijo Lynn, que ya era una experta en esas lides—. Mañana me toca. Quizá me cuente algo.

Decidí admitir mi suma ignorancia al respecto. Sin duda, Lynn necesitaba algo con lo que sentirse superior. Miró con amargura mis pantalones rojos y blancos.

—¿Y qué podría decirte? —le pregunté.

—Oh, bueno, por ejemplo podría decirme si he empezado a dilatar; ya sabes, que se te haga más grande para que salga el bebé. O podría decirme que me estoy esfacelando.

Asentí rápidamente para que Lynn no me explicara el significado de eso.

—O cuánto ha bajado el bebé y si su cabeza está en el lugar correcto.

Enseguida lamenté haber preguntado. Pero Lynn parecía encontrarse más animada, y se dedicó a contarle a Aubrey cómo habían decorado el cuarto del bebé, prosiguiendo con naturalidad de ese tema doméstico al de los allanamientos de la calle, que estaban en boca de todos. Los McLean se quejaron por la falta de acción de la policía al respecto, inconscientes de que estaban a punto de pasar un gran bochorno.

—Tenéis que comprender —dijo Arthur, abriendo mucho sus ojos azul pálido, lo que significaba que estaba sumamente irritado— que no se ha robado nada y que no se encontraron huellas. Además, nadie ha visto nada, por lo que va a ser casi imposible encontrar al ladrón a menos que surja un chivatazo o algo.

Los McLean, pequeños, tímidos y apocados, proyectaron idénticas sombras de mortificación cuando se dieron cuenta de que la pareja de la puerta de al lado estaba compuesta por detectives de policía. Tras una embarazosa sucesión de disculpas y retracciones, Carey habló de su propio allanamiento, que tuvo lugar cuando ella y su hija se encontraban en casa de unos amigos para celebrar el Día de Acción de Gracias, dos años atrás, y Marcia relató su experiencia, que le «había dado un susto de muerte».

—Volvía de hacer la compra y, por supuesto, era cuando Torrance estaba fuera de la ciudad —contó, lanzándole una mirada de lo más afilada—. Vi que la ventana trasera de la cocina estaba rota; oh, tendríais que haberme visto corriendo a casa de Jane.

—¿Cuándo ocurrió? —pregunté—. ¿Más o menos cuando entraron en casa de Carey?

—Puedes jurarlo. Puede que pasado un mes. Recuerdo que hacía frío y tuvimos que mandar arreglar el cristal a toda prisa.

—¿Cuándo entraron en la tuya? —pregunté a Macon, que tenía la mano de Carey cogida y lo estaba disfrutando.

—Después de la de los Lavery —dijo, tras pensarlo un momento—. Eran los dueños de la casa que compraste —le informó a Arthur—. Los trasladaron hace cinco meses, y me consta que les alivia no tener que pagar dos casas. Mi incursión, y la de los Lavery, fue como las demás…, por la ventana trasera. Registraron toda la casa, pero al parecer no se llevaron nada.

—¿Cuándo fue? —insistí. Arthur me lanzó una dura mirada, pero Lynn parecía más interesada en su tripa, la cual masajeaba lentamente.

—Oh, hará un año y medio, puede que algo más.

—Entonces, ¿la casa de Jane fue la única que no fue allanada hasta hace poco?

Carey, Macon, los McLean, Marcia y Torrance intercambiaron miradas.

—Creo que sí —dijo Macon—. Ahora que lo pienso. Y ha pasado bastante tiempo desde el último. Sé que no pensaba en ello desde hacía siglos, hasta que Carey me contó lo de la casa de Jane.

—Entonces, ¿todos han sufrido incidentes de este tipo, todos los de la calle? —¿Era eso lo que Jack Burns me había dicho?

—Bueno —dijo Marcia mientras echaba aliño en su ensalada y la removía—, todos menos los Ince, cuya casa está a dos parcelas desde la de Macon y la nuestra. Son muy, muy mayores y ya no salen nunca. Su nuera les hace todo, como la compra y llevarlos a sus citas con el médico… Cosas así. No les han hecho nada, de lo contrario, estoy segura de que Margie (así se llama la nuera) habría venido a contármelo. De vez en cuando se deja caer para tomarse un café después de visitarlos.

—Me pregunto qué significará eso —pregunté al aire.

Se produjo un incómodo silencio.

—¡Vamos, chicos, la comida está lista y nos está esperando! —anunció Marcia, alegre.

Todos se apresuraron a levantarse, salvo Lynn. Oí que Arthur murmuraba:

—¿Quieres que te traiga algo, cariño?

—Solo un poco —dijo ella fatigosamente—. No tengo mucha hambre.

Yo no pensaba que a Lynn le quedase espacio para ingerir nada; el bebé lo ocupaba casi todo.

Torrance atravesó la casa para responder al timbre. Los demás formamos una fila, lanzando las apropiadas exclamaciones de admiración ante el magnífico banquete. Estaba presentado de una forma preciosa, todos los platos dispuestos y decorados como si estuviesen destinados a comensales más importantes que nosotros. A menos que Marcia hubiese contado con ayuda, esa mesa representaba horas de trabajo, pero la propia comida era reconfortantemente hogareña.

—¡Costillas a la barbacoa! —exclamó Aubrey felizmente—. Qué bueno. Roe, creo que vas a tener que hacerte cargo; me pongo hecho un desastre cuando como costillas.

—No existe forma limpia de comer costillas —observé—. Y Marcia ha puesto servilletas extragrandes, por lo que veo.

—Será mejor que coja dos.

En ese momento, oí una voz familiar elevándose por encima del murmullo general. Me volví para mirar por encima del hombro de Aubrey, y me quedé con la boca abierta en una expresión algo boba.

—¡Madre! —dije, profundamente sorprendida.

Sin duda era mi madre, con unos elegantes pantalones holgados color crema y una blusa azul medianoche, un collar tan impresionante como sencillo, con pendientes a juego, y su nuevo marido en ristre.

—Lamentamos llegar tarde —se estaba disculpando con su agraciado estilo a lo Lauren Bacall, con el que siempre lograba que le aceptasen las disculpas—. No estábamos seguros, hasta el último minuto, de que John se sintiera bien como para acompañarme. Pero tenía muchas ganas de conocer a los nuevos vecinos de Aurora, y habéis sido tan amables al invitarnos…

Los Rideout se deshicieron en elogios, hubo una ronda de presentaciones y de repente la fiesta se antojó más animada y sofisticada.

A pesar de sus ojos cansados, John tenía buen aspecto después de su luna de miel, y eso fue lo que le dije. Durante unos minutos, John se mostró desconcertado sobre el papel de Aubrey en la velada, pero cuando cayó en la cuenta de que su sacerdote era mi acompañante, John cogió aire y se puso a la altura de la ocasión, discutiendo asuntos eclesiásticos muy brevemente con Aubrey, lo justo como para que ambos estuvieran cómodos sin llegar a aburrir a los no episcopalianos. John y mi madre se unieron a la fila de la comida, detrás de nosotros. Mi madre dedicó una fría mirada a Arthur, que estaba sentado junto a su mujer, comiendo mientras le echaba miradas solícitas o le ponía la mano sobre el hombro cada poco tiempo.

—Está a punto de parir. Creía que se habían casado hace pocos meses —me siseó mi madre al oído.

—Madre, calla —le siseé de vuelta.

—Tengo que hablar contigo, jovencita —respondió en voz muy baja, tanto que empecé a preguntarme qué habría podido hacer que hubiese llegado a su conocimiento. Estaba casi tan nerviosa como cuando tenía seis años y usaba ese tono conmigo.

Nos sentamos en las mesas de picnic, dispuestas con sus brillantes manteles y servilletas, y Marcia acercó un carro con bebidas y hielo. Brillaba más con cada cumplido que recibía. Torrance también estaba exultante, orgulloso de su esposa. Observando a Lynn y a Arthur, me pregunté por qué los Rideout no habían tenido hijos. Me pregunté si Carey Osland y Macon intentarían tener otro si se casaban. Carey probablemente rondaba los cuarenta y dos, pero al parecer las mujeres concebían cada vez más tarde. Macon debía de ser entre seis y diez años mayor que Carey; por supuesto, tenía un hijo que al menos era un joven adulto… El hijo desaparecido.

—Cuando estuvimos en las Bahamas —me dijo John en voz baja al oído—, intenté encontrar un hueco para comprobar si la casa de sir Harry Oakes seguía en pie.

Tuve que pensar un momento. El caso Oakes… Vale, ya me acordaba.

—Alfred de Marigny, exculpado, ¿verdad?

—Sí —respondió John alegremente. Siempre es agradable hablar con alguien que comparte tu afición.

—¿Es un enclave histórico de las Bahamas? —preguntó Aubrey por mi derecha.

—Bueno, en cierto sentido —le dije—. La casa de los Oakes fue el escenario de un famoso asesinato. —Me volví de nuevo hacia John—. Las plumas eran la parte más extraña del caso, tengo entendido.

—Oh, creo que eso tiene fácil explicación —apuntó John desinteresadamente—. Creo que un ventilador esparció las plumas de una almohada que había sido rajada.

—¿Tras el incendio?

—Sí, debió de ser después —contestó John, meneando la cabeza de un lado a otro—. Eran muy blancas en la foto; de lo contrario, habrían salido negras.

—¿Plumas? —preguntó Aubrey.

—Verás —le expliqué pacientemente—, el cuerpo, el de sir Harry Oakes, fue hallado parcialmente quemado, en su cama, cubierto de plumas. El cuerpo estaba cubierto de plumas, no la cama. Alfred de Marigny, su yerno, fue acusado del asesinato. Pero lo exculparon, en gran parte por la deplorable investigación llevada a cabo por la policía local.

Aubrey parecía un poco… No sé, no era capaz de identificarlo.

John y yo seguimos charlando alegremente del asesinato de sir Harry mientras que mi madre, a la izquierda de John, mantenía esporádicas conversaciones con los ratoniles McLean.

Me volví ligeramente hacia Aubrey para asegurarme de que apreciaba una argumentación mía acerca de una huella de mano ensangrentada en el biombo del dormitorio y me di cuenta de que había dejado las costillas en el plato y miraba ociosamente alrededor.

—¿Qué pasa? —pregunté, preocupada.

—¿Os importaría no hablar de este tema mientras me como estas costillas, que tenían un aspecto estupendo hace tan solo un minuto? —Intentaba poner un tono de broma, pero sabía que no estaba nada contento.

Tenía razón. Y, como resultado, me exasperé con Aubrey, así como conmigo misma. Me llevó unos segundos interiorizar una actitud penitente.

—Lo siento, Aubrey —dije en voz baja. Lancé una mirada furtiva a John por el rabillo del ojo. Parecía consternado, mi madre había cerrado los ojos y meneaba la cabeza en silencio, como si sus hijos la hubiesen puesto a prueba más allá de lo creíble, y encima en público. Pero enseguida se recompuso y sacó ese tema de conversación tan neutral y alegre: la rivalidad de las compañías telefónicas en la zona.

Me sentía tan mal por mi falta de tacto que ni siquiera vino a la mente el descubrimiento de que mi compañía podía hacer sonar mi número en dos casas a la vez. Arthur dijo que se alegraba de haber podido conservar su viejo número. Me pregunté cómo se sentía Lynn al tener que renunciar al suyo, pero no parecía que le importase un comino una cosa u otra. Justo cuando Arthur terminó de comer y agradecieron a Marcia y Torrance la fiesta, la buena comida y la compañía en un cortés murmullo, se marcharon discretamente a su casa.

—Esa joven parece de lo más incómoda —comentó Torrance en un momento de tregua en la guerra de las compañías telefónicas. Por supuesto, eso llevó el debate hacia Arthur y Lynn y la carrera policial, y como yo también era nueva en la calle, el debate acabó tratando de mi propia carrera, de la que tuve que detallar (incluida mi madre) que había llegado a su fin.

Pensé que si el rostro de mi madre mantenía la sonrisa de su ligero interés por más tiempo, acabaría resquebrajándose.

Aubrey por fin había terminado de cenar y se unió a la conversación, pero más bien pasivamente. Pensaba que no tardaríamos en mantener una conversación acerca de mi interés por los casos de asesinato y el hecho de que a él le produjeran náuseas. Intentaba no pensar en lo divertido que había sido hablar con John sobre el fascinante caso Oakes..., ¡que se produjo mientras los duques de Windsor gobernaban las islas! Un día de estos debería coger a mi nuevo padrastro por banda para destripar el tema a fondo.

La voz de mi madre al oído me trajo de vuelta al mundo real.

—¡Acompáñame al baño un momento!

Me excusé y entré en la casa con ella. Nunca había estado en el hogar de los Rideout, y tuve que admirar su pulcritud y la viveza de sus colores hasta que me arrastraron al baño del pasillo. Era como volver a la adolescencia, y cuando iba a abrir la boca para preguntar a mi madre si le habían pedido ir al baile de la promoción, se volvió hacia mí tras echar el pestillo de la puerta y me dijo:

—¿Qué demonios hace una calavera en mi bolsa de las mantas?

Por lo que me pareció la enésima vez en un día, sentí que la mandíbula inferior se me descolgaba. Pero me recuperé.

—¿Y qué demonios hacías tú sacando una manta con el tiempo que hace?

—Echársela a mi marido, que no paraba de tiritar por la fiebre —me contestó con los dientes apretados—. ¡Ni se te ocurra desviar el tema!

—Me la encontré —admití.

—Genial. Así que te encontraste una calavera humana y decidiste esconderla en la bolsa de las mantas de la casa de tu madre mientras estaba fuera de la ciudad. Esto tiene mucho sentido. Un procedimiento muy racional.

Iba a tener que calmar las aguas con ella, pero encerrada en el baño de Marcia Rideout no me parecía la mejor situación.

—Mamá, te juro que mañana iré a tu casa y te lo contaré todo.

—Seguro que cualquier hora te viene bien, ya que no tienes ningún trabajo al que acudir —respondió mi madre muy educadamente—. Sin embargo, yo sí que tengo que ganarme la vida, y tengo que ir a trabajar. Te espero en mi casa mañana a las siete de la tarde, momento en el que más valdrá que oiga una explicación satisfactoria para lo que has hecho. Y, ya que estoy, te diré algo más, aunque desde que eres adulta he intentado no darte ningún consejo en materia emocional, o como sea. No te acuestes con el sacerdote de mi marido. Sería muy embarazoso para John.

—¿Para John? ¿Que sería embarazoso para John? —Contente, me dije. Respiré hondo, miré el brillante espejo y me empujé las gafas sobre la nariz—. Mamá, no sabes cómo me alegro de que te hayas contenido todos estos años de hacer comentarios sobre mi vida social, aparte de reiterarme que desearías que fuese más dilatada.

Nos miramos la una a la otra a través del espejo con chispas en los ojos. Luego intenté sonreírle. Ella hizo lo propio; las sonrisas eran diminutas, pero se mantuvieron.

—Está bien —dijo finalmente, con voz más moderada—. Nos veremos mañana por la tarde.

—Allí estaré —señalé.

Cuando volvimos a la terraza, la conversación había derivado hacia los huesos encontrados al final de la calle. Carey estaba contando que la policía le había preguntado si había algo que recordase que pudiese ayudar a identificar los huesos como los de su marido.

—Les dije —estaba contando— que ese tipo se había largado y me había dejado tirada, pero que nadie lo había matado. Durante semanas esperé verle pasar por la puerta con esos pañales. Ya sabe —le dijo a Aubrey a modo de aclaración—, se fue a por pañales para el bebé y nunca volvió.

Aubrey asintió, quizá para indicar comprensión o quizá porque ya había oído la historia en el folclore de Lawrenceton.

—Cuando la policía encontró el coche en la estación de Amtrak —prosiguió Carey—, supe que se había escapado. Para mí, ha estado muerto desde entonces, pero no me creo que esos huesos sean los suyos. —Macon la rodeó con el brazo. Los McLean estaban absortos con ese drama verídico. Mi madre me observó con repentina consternación. Fingí que no la veía—. Así que les indiqué que se rompió la pierna una vez, un año antes de casarnos, por si eso servía de algo, me dieron las gracias y me dijeron que me informarían de lo que fuese. Pero tras el primer día de su marcha, cuando aún estaba tan destrozada, bueno, cuando la policía me informó de que habían encontrado su coche, dejé de preocuparme. Simplemente entré en cólera.

Carey se había alterado y se esforzaba sobremanera para no dejar que las lágrimas se derramaran sobre sus mejillas. Marcia Rideout la contemplaba fijamente, esperando que la fiesta no se fastidiara por culpa de las lágrimas desconsoladas de una de las invitadas.

Torrance, tranquilizador, dijo:

—Venga, Carey, no es Mike, será algún viejo vagabundo. Es triste, pero nada que deba preocuparnos. —Se levantó con su bebida en la mano, su recio cuerpo y voz tranquila inmensamente reconfortantes.

Todos parecieron relajarse un poco. Pero en ese momento Marcia preguntó:

—Pero ¿dónde está la calavera? En las noticias de esta tarde informaron de que faltaba la calavera. —Su mano temblaba mientras ponía la tapa sobre una cacerola—. ¿Cómo es que no estaba la cabeza?

Se produjo un momento de tensión. No pude evitar apretar mi vaso con fuerza y bajar la mirada al suelo de la terraza. Mi madre no me quitaba el ojo de encima; podía sentir la dureza de su mirada.

—Suena macabro —indicó Aubrey gentilmente—, pero puede que un perro o cualquier otro animal se llevara la calavera. No hay ninguna razón para pensar que no estuviera con el resto del cuerpo durante cierto tiempo.

—Es verdad —afirmó Macon al cabo de un instante de meditación.

La tensión volvió a disiparse. Tras un rato más de charla, mi madre y John se levantaron para irse. Nadie es inmune a la elegancia de mi madre; Marcia y Torrance aún sonreían abiertamente cuando ella atravesó la puerta principal, John justo detrás de ella, iluminado por su luz. Los McLean no tardaron en anunciar que tenían que pagar a su niñera y llevarla a casa, ya que al día siguiente tenía clase. Carey Osland dijo lo mismo.

—Aunque mi hija cada día está más convencida de que puede quedarse sola en casa —nos señaló con orgullo—. Pero, por ahora, necesita estar acompañada, aunque me encuentre a dos casas de distancia.

—Es una chica independiente —añadió Macon con una sonrisa. Parecía bastante encariñado con la hija de Carey—. Siempre he tenido chicos alrededor, y las chicas son muy diferentes a la hora de criarlas. Espero hacer un mejor trabajo ayudando a Carey con su hija de lo que conseguí con el mío.

Dado que los Rideout no tenían hijos, como yo y como Aubrey, no se nos ocurrió una respuesta pertinente.

Di las gracias a Marcia por la fiesta y les felicité por la comida y la decoración.

—Bueno, yo hice las costillas a la barbacoa —admitió Torrance pasándose la mano por la barbilla, que ya mostraba una barba incipiente—, pero el resto ha sido cosa de Marcia.

Dije a Marcia que debería dedicarse al *catering*, con lo que ella se sonrojó, complacida. Tenía el aspecto de una maniquí de gran almacén con un toque de rosa pintado en las mejillas para aportar algo de realismo, tan bonita y perfecta.

—Cada pelo en su sitio —le indiqué a Aubrey aburridamente mientras nos encaminábamos hacia su coche, aparcado en mi camino privado—. Ella nunca permitiría tenerlo así. —Hundí las manos en la mopa flotante que era mi pelo.

—Eso es lo que quiero hacer —dijo Aubrey de repente y, deteniéndose frente a mí, pasó los dedos por mi pelo—. Es precioso —añadió con una voz que no tenía nada de clerical.

Ay, ay. El beso que siguió fue lo bastante prolongado y profundo como para que me preguntase cuánto tiempo había pasado desde que no conocía a alguien bíblicamente. Sabía que Aubrey sentía lo mismo.

Nos separamos de mutuo acuerdo.

—No he debido hacerlo —se lamentó Aubrey—. Hace que me…

—A mí también —convine, y los dos nos reímos, y con ello se perdió la atmósfera. Menos mal que no llevaba el vestido naranja y blanco. Entonces sus manos podrían haberme acariciado la espalda desnuda… Empecé a charlar para distraerme. Nos apoyamos contra su coche, hablando sobre la fiesta, la fiebre de mi nuevo padrastro, el abandono de mi trabajo, el retiro para sacerdotes al que asistía cada viernes y sábado en un parque estatal cercano.

—¿Quieres que te siga hasta tu casa? —preguntó metiéndose en su coche.

—Quizá pase la noche aquí —dije. Me agaché sobre la ventanilla y le di un ligero beso en los labios, una sonrisa, y me di la vuelta.

Entré por la puerta de la cocina. La luna se colaba entre las cortinas descorridas, proporcionándome toda la luminosidad que necesitaba, por lo que fui al dormitorio sin encender una sola luz. El contraste de la tranquilidad y la oscuridad con todo el parloteo que había mantenido ese día me dio más sueño del que hubiese podido proporcionarme un somnífero. Encendí brevemente la luz del baño para cepillarme los dientes y me quité la ropa. Me puse el camisón rosa, apagué la luz del baño y fui hasta la cama en la oscuridad. Envuelta en el sordo zumbido del aire acondicionado y los ocasionales maullidos de los gatitos del armario, me quedé dormida.

Capítulo 12

Me desperté. Supe dónde estaba al instante; en la casa de Jane. Saqué las piernas por un lado de la cama automáticamente, dispuesta a iniciar mi excursión hasta el baño. Pero, de una forma lenta y sonámbula, me di cuenta de que no necesitaba ir.

Los gatos estaban en silencio.

Entonces, ¿por qué me había despertado?

Entonces oí movimiento en otra parte de la casa y vi un haz de luz destellar por el pasillo. Había alguien más en la casa. Apreté los labios frenéticamente para no gritar.

El reloj de mesilla de Jane tenía un lado que brillaba e iluminaba la silueta del teléfono que tenía al lado. Con dedos casi inútiles, levanté el auricular, con tanto cuidado, tanto cuidado… Ni un solo ruido. Menos mal que era de los de botones. Por puro instinto, pulsé el número que mejor conocía, uno que traería ayuda antes que el 911.

—¿Diga? —respondió una voz somnolienta en mi oído.

—Arthur —susurré—. Despierta.

—¿Con quién hablo?

—Soy Roe, estoy al otro lado de la calle, en la casa de Jane. Alguien ha entrado.

—Estaré allí en un minuto. No hagas ruido. Escóndete.

Colgué el auricular muy delicadamente, muy suavemente, intentando controlar mis manos. «Oh, Señor, no permitas que haga ningún ruido».

En ese momento supe lo que me había delatado. Fue cuando bajé la mirada al ser mencionada la calavera, durante la fiesta. Alguien había estado observando, a la espera de una reacción justamente parecida.

Me puse las gafas mientras pensaba. Tenía dos opciones de escondite: bajo la cama o en el armario, con los gatos. El intruso estaba en el cuarto de invitados, apenas a unos pasos por el pasillo. Podía ver el haz de la linterna yendo y viniendo, ¡buscando otra vez la maldita calavera! El mejor escondite sería el gran armario de la ropa sucia, en el baño; yo era lo bastante pequeña como para caber ahí, ya que tenía prácticamente el mismo tamaño que el armario de la colada, justo encima. Si me ocultaba en el armario del dormitorio, el intruso podría oír el ruido de los gatos y sentirse tentado a investigar. Pero ahora no podía arriesgarme a salir hacia el baño. El haz de la linterna era demasiado impredecible.

En respuesta a mis pensamientos, o eso parecía, la luz salió del cuarto de invitados para dirigirse al salón a través del pequeño pasillo y el pasaje abovedado. Una vez dentro del salón, salí de la cama de puntillas...

... Y aterricé justo en la cola de Madeleine. La gata maulló desbocadamente, yo grité y una desconcertada exclamación surgió del salón. Oí pasos sordos y, cuando la luz de la linterna llegó a la puerta, hizo una pausa, quizá en busca de un interruptor de la luz. Di un salto. Golpeé a alguien justo en el pecho, le rodeé el ancho cuello con el brazo y con la mano izquierda le agarré un puñado de pelo corto y tiré con todas mis fuerzas. Algún fragmento de un curso de autodefensa que hice afloró en mi mente y empecé a gritar con toda la fuerza de mis pulmones.

Algo me golpeó con tremenda fuerza en la espalda, pero mi reacción fue afianzar mi presa del cuello y tirar del pelo con más fuerzas aún.

—Para —siseó una voz grave—. ¡Para, para!

Y recibí una lluvia de golpes en la espalda y en las piernas. Con tanto zarandeo y mi propio peso, se estaba deshaciendo de mí. Tenía que dejar de gritar para recuperar el aliento. Pero conseguí reponer el aire en los pulmones y abrí la boca para reanudar el grito cuando se encendieron las luces.

Mi atacante se volvió para encararse a la persona que había dado al interruptor, y en ese movimiento me arrojó al suelo, donde aterricé de mala manera y trastabillé hasta el poste de la cama. Más cardenales para la colección.

Lynn Liggett Smith estaba apoyada en la pared del pasillo, respirando pesadamente, con una pistola en la mano apuntando hacia Torrance Rideout, que solo iba «armado» con su linterna. Si la linterna hubiese sido un cuchillo, me hubiera estado desangrando por una docena de heridas; aun así, me sentía como si el ejército de Lee hubiese pasado sobre mí. Me agarré al poste de la cama, jadeando. ¿Dónde estaba Arthur?

Torrance tomó nota de la débil postura de Lynn y su barriga hinchada y se volvió hacia mí.

—Tienes que decírmelo —exclamó desesperadamente, como si Lynn ni siquiera se encontrase allí—. Tienes que decirme dónde está la calavera.

—Pon las manos contra la pared —ordenó Lynn con tono cortante, aunque débil—. Soy agente de policía y no dudaré en disparar.

—Estás embarazada de nueve meses y a punto de parir —contestó Torrance por encima de su hombro. Volvió a mirarme—. ¿Dónde está la calavera? —Su ancha cara estaba surcada por arrugas que nunca había visto antes, y la sangre le caía del cráneo hasta la camisa blanca. Al parecer, le había arrancado un poco de pelo.

Lynn disparó al techo.

—Pon las manos contra la pared, maldito bastardo —repitió fríamente.

Él obedeció.

No se había dado cuenta de que, si Lynn disparaba, había bastantes probabilidades de que me diese a mí también. Antes de que se le ocurriese la idea, me desplacé hasta el otro lado de la cama. Pero entonces dejé de ver a Lynn. Ese dormitorio era demasiado pequeño. No me gustaba la idea de que Torrance se encontrara entre la puerta y yo.

—Roe —dijo Lynn desde el pasillo lentamente—. Cachéalo para ver si tiene una pistola. O un cuchillo. —Hablaba desde el dolor.

Odiaba la idea de acercarme tanto a Torrance. ¿Respetaba lo suficiente la pistola de Lynn? ¿Había captado la debilidad en su voz? Por un momento, deseé que le hubiese disparado.

La única noción de cachear a un sospechoso procedía de las películas. Sentí un abrumador asco al tocar el cuerpo de Torrance, pero apreté los labios y lo registré con las manos.

—Solo tiene monedas sueltas en el bolsillo —indiqué con voz ronca. Mis gritos me habían pasado más factura a mí que a los oídos de Torrance.

—Vale —dijo Lynn lentamente—. Toma las esposas.

Cuando la miré a la cara, me quedé pasmada. Tenía los ojos muy abiertos y llenos de miedo y se estaba mordiendo el labio inferior. Sostenía la pistola con firmeza, pero saltaba a la vista que le hacía falta cada gramo de fuerza de voluntad para lograrlo. La moqueta estaba más oscura bajo sus pies, que estaban calzados con unas chanclas rosas, una más oscura que la otra. Miré con más detenimiento. Lo que confería la diferencia de tono era la humedad. Un fluido le caía por las piernas. El aire se había impregnado de un olor extraño. Lynn había roto aguas.

¿Dónde estaba Arthur?

Cerré los ojos un momento, sumida en una honda consternación. Cuando los volví a abrir, Lynn y yo nos estábamos intercambiando miradas de pánico, pero Lynn endureció su mirada y me ordenó:

—Coge las esposas, Roe.

Estiré el brazo por la estrecha puerta y las cogí. Una vez, Arthur me enseñó cómo se usaban las suyas, así que no me costaría cerrarlas alrededor de las muñecas de Torrance.

—Extiende las manos por detrás —dije tan exasperada como pude. Lynn y yo perderíamos el control en cualquier momento. Le había puesto una de las esposas cuando Torrance se volvió. Giró rápidamente el brazo esposado y la parte suelta de las esposas me golpeó en la cabeza. Pero ¡no debía hacerse con la pistola! Lo agarré por donde pude, cegada por el dolor, y lo entorpecí lo suficiente como para que los dos aterrizáramos en el suelo, rodando por el espacio limitado, luchando yo por mi propia vida y él intentando librarse desesperadamente de mí.

—¡Torrance, para! —gritó otra voz, y todos nos quedamos quietos, él sobre mí, resoplando, y yo debajo, apenas capaz de respirar. Por encima de su hombro podía ver a Marcia, su pelo aún bien peinado, aunque se veía que se había vestido apresuradamente—. Cariño, ya no supone ninguna diferencia, tenemos que parar —dijo ella dulcemente. Torrance se apartó de mí para volverse hacia ella y dedicarle una dura mirada. Entonces Lynn sollozó; un sonido terrible.

Fue como si Torrance hubiese sido hipnotizado por su mujer. Me arrastré entre ellos para alejarme. De hecho, rocé la pierna de Marcia al pasar. Ambos me obviaron de la manera más escalofriante.

Lynn se había dejado caer, la espalda apoyada en la pared. Estaba haciendo un valiente esfuerzo por mantener la pistola en alto, pero ya era incapaz. Al verme, sus ojos me lanzaron una llamada de socorro y su mano cayó al suelo, soltando el arma. La cogí y me di la vuelta, dispuesta de alguna manera a disparar a la pareja Rideout, nuestros recientes anfitriones. Pero seguían embelesados la una con el otro. Podría haberlos acribillado a los dos sin problemas. Con el mismo sentimiento de ofensa de una niña cuyos padres adultos no se toman su rabia en serio, me giré hacia Lynn.

Tenía los ojos cerrados y su respiración era espasmódica. Entonces me di cuenta de que estaba controlándola.

—Vas a parir —dije con gravedad.

Ella asintió, los ojos cerrados, sin dejar de respirar profundamente.

—Has pedido ayuda, ¿verdad?

Volvió a asentir.

—Arthur debía de estar de servicio, eras tú la del teléfono —observé, y me dirigí hacia el baño que tenía a mis espaldas para lavarme las manos y traer algunas toallas—.

No tengo ni idea de cómo se traen los bebés al mundo —le dije a mi reflejo en el espejo, me empujé las gafas sobre la nariz, me maravillé de que no se me hubieran roto en el forcejeo y volví junto a Lynn. Le levanté la falda del camisón cautelosamente y dispuse las toallas debajo de ella mientras levantaba las rodillas.

—¿Dónde está la calavera? —me preguntó Torrance. Su voz estaba teñida de derrota.

—En casa de mi madre, en un armario —informé escuetamente, mi atención absorta por Lynn.

—Entonces Jane la tuvo todo el tiempo —dijo con una voz seca que se había desprendido de toda incertidumbre—. Esa vieja la tuvo todo el tiempo. Estaba furiosa después de lo del árbol, ya sabes. No me lo podía creer, tantos años de buenos vecinos, y entonces esa estupidez con el árbol. Lo siguiente que supe fue que había un agujero en el jardín y la cabeza había desaparecido, pero nunca relacioné las dos cosas. Incluso dejé la casa de Jane en último lugar porque pensaba que era el escondite menos probable.

—Oh, Torrance —exclamó Marcia lastimeramente—. Ojalá me lo hubieras dicho. ¿Fuiste tú quien irrumpió en todas las casas?

—Buscaba la cabeza —admitió—. Sabía que alguien de por aquí la tenía, pero nunca se me habría ocurrido que fuese Jane. Debía de ser alguien que me viera enterrándolo, pero no Jane, no esa dulce anciana. Estaba seguro de que si me hubiera visto hacerlo, habría llamado a la policía. Y tuve que esperar —Torrance vagó sin rumbo— tanto tiempo entre casa y casa porque, después de cada incidente, la gente se volvería más y más cauta...

—Incluso fingiste que alguien entró en nuestra casa —se maravilló su mujer.

Con cuidado, eché un vistazo bajo el camisón. Enseguida lo lamenté.

—Lynn —le dije dubitativamente—, creo que he visto lo que parece la cabeza del bebé.

Lynn asintió enfáticamente. Abrió los ojos de golpe, centrando la mirada en algún punto de la pared de enfrente. Su respiración se descontroló durante un momento.

—¡No te rindas ahora! —la animé con firmeza. Lynn era la única persona que sabía lo que estaba pasando. Pareció tomarse eso como un consejo compasivo y me apretó la mano hasta que pensé que iba a gritar otra vez.

De repente, recuperó el aliento y todo su cuerpo se tensó.

Volví a echar un vistazo.

—Oh, Dios —resoplé. Aquello era sin duda mucho peor que ver parir a Madeleine. Seguí mi propio consejo y no me rendí, a pesar de mis apremiantes deseos de salir gritando de la casa para no volver. Me deshice de la mano de Lynn y me centré en su entrepierna. Apenas había espacio. Menos mal que era una persona pequeña.

Lynn volvió a tensarse.

—Está bien, Lynn —dije, tranquilizadora—, ya viene. Yo lo sacaré.

Lynn pareció aliviarse por una fracción de segundo.

—¿De quién es la calavera? —le pregunté a Torrance. Marcia se había dejado caer al suelo, y estaban los dos sentados, rodilla con rodilla, agarrados de las manos.

—Oh —dijo él desinteresadamente—, es de Mark. Mark Kaplan. El muchacho que nos alquiló el apartamento.

Lynn redobló fuerzas y volvió a empujar. Tenía los ojos vidriosos y a mí me entró el pánico. No sin titubear, coloqué las manos donde pensé que podrían ser de ayuda.

—Lynn, veo algo más que la cabeza —le informé.

Por asombroso que parezca, Lynn sonrió. Se recompuso y empujó.

—Tengo la cabeza, Lynn —anuncié con voz temblorosa. Intentaba sonar confiada, pero no lo conseguí. ¿Se rompería el cuello del bebé si lo dejaba colgar? Oh, Jesús bendito, necesitaba ayuda, yo no podía con eso.

Lynn volvió a empujar.

—Los hombros —susurré, sosteniendo esa cosita diminuta, frágil y ensangrentada—. Un empujón más y debería salir —dije con tono reconfortante, sin la menor idea de lo que estaba diciendo. Pero parecía que daba ánimos a Lynn, así que aunó fuerzas y siguió empujando. Ojalá pudiese tomarse un descanso, y yo de paso, pero resultó que le había dicho la verdad, por pura ignorancia. Lynn empujó como si estuviese en las Olimpiadas del alumbramiento y la cosita resbaladiza salió disparada de su cuerpo como un balón lanzado, o eso me pareció a mí. Lo cogí al vuelo.

—¿Qué? —preguntó Lynn débilmente.

Me llevó un momento de pura estulticia comprender lo que quería preguntar. ¡Tenía que hacer algo! ¡Tenía que conseguir que se echara a llorar! ¿No era eso importante?

—Sostenlo por las piernas hacia abajo y dale un golpecito en la espalda —indicó Marcia—. Es lo que hacen en la televisión.

Sumida en el terror, eso hice. El bebé dejó escapar un aullido. ¡Respiraba, estaba vivo! Menos mal. Si bien aún ligada a Lynn, la criatura se encontraba bien por el momento. ¿Debía hacer algo con el cordón umbilical? ¿Qué? En ese momento oí sirenas acercándose. Gracias a Dios.

—¿Qué? —inquirió Lynn con más urgencia.

—¡Una niña! —exclamé tontamente—. ¡Es una niña! —Sostuve a la pequeña de la forma que lo había visto en las imágenes, mientras hacía planes para quemar el camisón rosa.

—Bueno —dijo Lynn con una diminuta sonrisa mientras alguien llamaba con fuerza a la puerta—, que me maten si le pongo tu nombre.

Hizo falta algo de tiempo para solucionar la situación en la pequeña casa de Jane, que parecía más concurrida que nunca con toda la policía de Lawrenceton dentro.

Algunos de los agentes, al ver a la antigua novia de Arthur arrodillada ante su nueva esposa, ambas ensangrentadas, supusieron que era a mí a quien debían arrestar. Pero ponerme las esposas no era cosa fácil, habida cuenta de que sostenía al bebé, que aún estaba ligado a Lynn. Y cuando todos se dieron cuenta de que sostenía a un neonato y no algún trozo de las entrañas de Lynn, se volvieron locos. Nadie parecía recordar que se había producido un allanamiento y que, por consiguiente, el asaltante podría estar presente en el escenario.

Arthur había salido en respuesta a una llamada por robo, pero cuando llegó estaba tan asustado que venía dispuesto a matar a cualquiera. Sostenía su pistola vagamente y, cuando divisó a Lynn y toda la sangre, se puso a gritar.

—¡Una ambulancia, una ambulancia!

El propio Jack Burns se abrió paso entre los Rideout para usar el teléfono del dormitorio.

Arthur apareció a mi lado en un abrir y cerrar de ojos, balbuceando.

—¡El bebé! —dijo. No sabía qué hacer con su pistola.

—Guarda esa pistola y coge al bebé —mandé con una contundencia que me sorprendió—. Todavía está enganchado a Lynn y no sé qué hacer al respecto.

—Lynn, ¿cómo te encuentras? —preguntó Arthur, aún estupefacto ante lo que estaba pasando.

—Cariño, cúbrete el traje con una toalla y coge a tu hija —ordenó Lynn con debilidad.

—Dios m… Oh. —Se enfundó la pistola y cogió una toalla del montón que yo había traído. Me pregunté si Jane se habría imaginado alguna vez que las toallas blancas con sus iniciales bordadas se usarían alguna vez para asistir a un parto. Entregué al bebé con presteza y me incorporé, temblando debido a un cóctel de miedo, dolor y *shock*. Estaba más que feliz de abandonar mi posición entre las piernas de Lynn.

Uno de los auxiliares de ambulancia se me acercó y dijo:

—¿Eres la parturienta? ¿Te han herido?

Señalé con dedo tembloroso a Lynn. No podía culpar al hombre por pensar que estaba herida; estaba cubierta de sangre, de Lynn, de Torrance y un poco de la mía.

—¿Estás bien?

Miré hacia el origen de la voz y descubrí que era Torrance. Aquello era de lo más extraño.

—Me pondré bien —dije, exhausta.

—Lo siento. No estoy hecho para ser un criminal.

Pensé en la ineptitud de los asaltos; que Torrance ni siquiera se hubiese llevado nada para que parecieran robos de verdad. Asentí.

—¿Por qué lo hiciste? —le pregunté.

De repente, sus rasgos se tensaron.

—Simplemente lo hice —contestó.

—Entonces, cuando Jane desenterró la calavera, ¿tú sacaste el resto de los huesos y los tiraste junto a la señal de tráfico?

—Sabía que nadie desbrozaría esa maleza durante años —afirmó—. Y tenía razón. Estaba demasiado asustado como para llevar los huesos en mi maletero, aunque solo fuese un momento. Aguardé a la noche siguiente, cuando Macon fue a casa de Carey, y transporté los huesos metidos en una bolsa de plástico, atravesando su jardín trasero, lo más lejos que pude hasta el lado de su casa. Luego solo fueron unos metros hasta los arbustos... Nadie me vio esa vez. Estaba seguro de que quienquiera que se llevara la calavera llamaría a la policía. Esperé. Entonces reparé en que quien la tuviera solo quería... quedársela. Para que me retorciera en mi culpa. Casi me había olvidado del problema del árbol. Jane era tan elegante y femenina. Jamás pensé...

—A mí nunca me lo contó —terció Marcia desde su izquierda—. Nunca quiso que me preocupara. —Lo miró con ternura.

—Entonces, ¿por qué lo hiciste? —le pregunté a Torrance—. ¿Es que le tiró los tejos a Marcia?

—Bueno... —titubeó Torrance.

—Oh, cariño —dijo Marcia con reprobación. Se inclinó hacia mí sonriendo ante el torpe gesto del hombre—. Él no lo hizo —continuó—. Fui yo.

—¿Mataste a Mark Kaplan y lo enterraste en el jardín?

—Oh, Torrance lo enterró cuando le dije lo que había hecho.

—Oh —exclamé inadecuadamente, sintiéndome tragada por sus enormes ojos azules—, y lo mataste porque...

—Vino a verme mientras Torrance estaba fuera —dijo, meneando la cabeza con tristeza—. Yo pensaba que era una buena persona, pero no lo era. Era muy sucio.

Asentí, por responder algo.

—Mike Osland también —prosiguió Marcia, meneando aún la cabeza ante la perfidia de los hombres.

De repente, sentí mucho, mucho frío. Torrance cerró los ojos en un profundo abatimiento.

—Mike —murmuré interrogativamente.

—Está bajo la terraza. Por eso la construyó Torrance, creo —indicó Marcia seriamente—. Jane no sabía nada sobre él.

—Está confesando —dijo una voz tan afónica como incrédula.

Aparté la mirada de los hipnotizadores ojos de Marcia para ver que Jack Burns estaba acuclillado frente a mí.

—¿Acaba de confesar un asesinato? —me preguntó.

—Dos —dije.

—Dos asesinatos —repitió. Ahora le tocó a él menear la cabeza. Debería encontrar a alguien a quien menearle la cabeza con incredulidad—. Te acaba de confesar dos asesinatos. ¿Cómo lo haces?

Enfrentada a sus ojos redondos y ardientes, me di cuenta de que estaba totalmente desaliñada y bastante parca, enfundada en un camisón que había acabado bastante malparado durante la noche. Me acordé de forma bastante obvia que no era la persona favorita de Jack Burns. Me pregunté lo que podría recordar Lynn de lo que había oído mientras estaba teniendo al bebé. ¿Recordaría que le dije a Torrance que conocía el paradero de la calavera?

Un camillero estaba sacando a Lynn. Supuse que alguien se había encargado de la placenta. Esperaba no encontrármela más tarde en el baño o algo parecido.

—Ese hombre —le dije a Jack Burns señalando a Torrance— se ha colado en mi casa esta noche.

—¿Estás herida? —preguntó el sargento Burns con reacio desvelo profesional.

Me volví para mirar a los ojos de Torrance Rideout.

—No —dije con claridad—. En absoluto. Y no tengo la menor idea de lo que estaba buscando.

Los ojos de Torrance mostraron un lento entendimiento. Y, para mi asombro, me lanzó un guiño cuando Jack Burns se volvió para llamar a sus hombres.

Al cabo de una eternidad, todos, salvo yo, la propietaria, habían abandonado la casa. ¿Qué haces la noche en que te han asaltado, te han apaleado, has asistido un parto y casi todo el departamento de policía de Lawrenceton, Georgia, ha desfilado por tu casa? A la lista añadí, mientras me quitaba los restos de camisón por la cabeza, la confesión de un doble asesinato y que los mismos policías que han estado a punto de arrestarte un momento antes no te quiten ojo del pecho apenas cubierto.

Bueno, me daría un baño muy caliente para poner en remojo los cardenales y los esguinces. Calmaría a una Madeleine que estaba prácticamente fuera de sí, agazapada en un rincón del armario del dormitorio, esperando pasar desapercibida bajo la manta que había arrojado yo dentro. Como era de esperar, Madeleine no había reaccionado bien a la invasión de la casa. Después, con suerte, podría meter mi maltrecho pellejo entre las sábanas y dormir un poco.

Tendría muchas cosas que hacer por la mañana.

Mi madre me llamaría.

Pero solo dormí cuatro horas. Cuando me desperté, eran las ocho en punto, pero me quedé tumbada en la cama, pensando.

Entonces me levanté y me cepillé los dientes, poniéndome los mismos pantalones cortos que la noche anterior. Me las arreglé para cepillarme el pelo, que no me había secado la noche anterior, antes de quedarme dormida. Dejé salir y entrar de nuevo a Madeleine —parecía haber recuperado la calma— y decidí que era hora de ir al supermercado.

Atravesé las puertas del establecimiento y encontré lo que buscaba tras consultárselo a uno de los dependientes. Hice una parada en mi adosado y saqué la caja que contenía el papel de regalo.

En casa de mi madre, no estaba ninguno de los dos coches. Al fin había logrado un respiro. Usé mi llave por última vez; no volvería a hacerlo ahora que John vivía allí. Subí corriendo las escaleras y saqué la vieja bolsa de las mantas del armario, envolví la nueva en papel de regalo y la dejé en la mesa de la cocina antes de salir. Deposité la llave junto a ella.

Entré rápidamente en mi coche, aceleré y conduje hasta la casa de Honor.

Otro golpe de suerte; aún no había ningún coche de policía en casa de los Rideout.

Salí por la puerta trasera de la cocina y oteé el horizonte con la misma cautela con que debió de hacerlo Torrance Rideout la noche que enterró a Mark Kaplan y a Mike Osland. Pero estaba a plena luz del día y era mucho más peligroso. Había contado los coches mientras entraba en mi camino privado: el de Lynn estaba aparcado frente a su casa, pero el de Arthur no estaba. Supuse que se encontraba en el hospital, con su mujer y su bebé.

En ese momento titubeé. Pero me obligué a reaccionar con una bofetada en la mejilla. No era el mejor momento para ponerme tonta.

Los ancianos Ince no eran ningún problema. Eché una mirada furtiva hacia la casa de Carey Osland. El coche estaba aparcado delante. Debieron de contarle la confesión de Marcia Rideout, según la cual Mike Osland descansaba en el jardín trasero de sus vecinos. Solo esperaba que Carey no saliese a comprobarlo personalmente.

Cuando me eché a andar para atravesar mi propio jardín trasero, tuve que reprimir el impulso de agazaparme y correr, o quizá arrastrarme sobre el vientre. La bolsa rosa de las mantas me parecía de lo más sospechosa, pero era sencillamente incapaz de abrirla y llevar la calavera a la vista en mis manos. Además, ya le había borrado mis huellas. Accedí a la terraza sin que nadie me gritase: «¡Eh!, ¿qué estás haciendo?», y respiré profundamente varias veces. No hay prisa, me dije, y abrí la cremallera de la bolsa, cogí la cosa de dentro enganchando un dedo por la mandíbula y, procurando no mirarla, la arrojé lo más lejos que pude debajo de la cubierta. Estuve tentada de subir las escaleras de la terraza y mirar entre los tablones para comprobar que la calavera podía verse desde arriba. Pero, en vez de ello, me giré y volví corriendo a mi jardín, rezando por que nadie se hubiera percatado de mi extraño comportamiento. Aún aferraba con fuerza la bolsa de la cremallera. Una vez en casa, miré el interior de la bolsa para comprobar que no quedasen rastros de la presencia de la calavera. A continuación doblé una de las mantas de Jane, la metí, cerré la cremallera y metí el bulto al fondo de uno de los armarios del cuarto de invitados. Me senté en la pequeña mesa de la cocina y miré por la ventana hacia la casa de los Rideout. En ese momento, varios hombres estaban desmontando la terraza.

Había llegado justo a tiempo.

Me estremecí de arriba abajo. Hundí la cabeza entre las manos y lloré.

Al cabo de un rato, cuando se me secaron las lágrimas, me sentía débil y cansada. Me hice un café y me volví a sentar mientras lo bebía y observaba cómo los hombres desmontaban la terraza y descubrían la calavera. Agotado el revuelo causado por el hallazgo, colocaron la calavera cuidadosamente en una bolsa especial (lo cual me hizo sonreír ligeramente) y algunos hombres se pusieron a excavar. Hacía calor, estaban sudando, y vi que el sargento Burns echaba una mirada hacia mi casa, como si quisiera acercarse para hacerme algunas preguntas, pero ya le había respondido a todas la noche anterior. Ya le había dicho todo lo que iba a decir.

Entonces, uno de los hombres lanzó un grito y los demás se le acercaron. Decidí que quizá era el momento de dejar de mirar. A mediodía sonó el teléfono. Era mi madre, agradeciéndome tensamente la nueva bolsa de las mantas y recordándome que teníamos que cenar juntas para mantener una larga charla pendiente.

—Claro, madre —dije con un suspiro. Estaba tensa y hecha unos zorros; quizá ella abreviaría—. Mamá, mañana me pasaré por tu oficina para poner la casa en venta.

Bueno, eso eran negocios. Eso era distinto. O puede que no.

—Lo haré yo misma —me prometió de manera significativa antes de colgar.

El teléfono estaba en la pared, junto al anaquel de las cartas y el calendario, una disposición sensata y conveniente. Me quedé con la mirada perdida en el anaquel de las cartas durante varios segundos. Cogí una cuestación para obras benéficas, saqué la carta de solicitud, le eché un vistazo y la descarté. Saqué otra carta, que debió de ser una factura de los exterminadores de plagas, a juzgar por el sobre... ¿Cómo era que no estaba en poder de Bubba Sewell? Él debía tener todas las facturas. Pero estaba fechada meses antes.

De repente supe lo que era, incluso mientras sacaba el papel del interior del sobre, sabía que no me encontraría una factura de Orkin.

Por supuesto: *La carta robada*[*]. A Jane le gustaban los clásicos.

«Una veraniega noche de miércoles, hace cuatro años», empezaba la carta abruptamente.

yo, Jane Engle, me encontraba sentada en mi jardín trasero. Era muy tarde porque padecía de insomnio y suelo sentarme en la oscuridad del jardín cuando me pasa. Sería medianoche cuando vi a Mark Kaplan, el inquilino de los Rideout, acercarse a la puerta trasera de Marcia y llamar. Lo vi con toda claridad bajo el foco que los Rideout han instalado en su puerta trasera. Marcia siempre lo deja encendido cada vez que Torrance está fuera de la ciudad. Marcia abrió la puerta y Mark Kaplan la atacó sin mediar un instante. Creo que había estado bebiendo, que tenía una botella en la mano, pero no estoy segura. Antes de

*Relato del escritor estadounidense Edgar Allan Poe (N. del T.).

250

poder ir en su ayuda, ella consiguió noquearlo de alguna manera y vi que iba a coger algo a su cocina y golpeaba con ello a Mark Kaplan en la nuca. No sé exactamente qué era el objeto, pero creo que era un martillo. En ese momento vi que otro coche aparcaba en la cochera de los Rideout. Era Torrance, que volvía a casa.

Me metí en casa, segura de que no tardaría en oír las sirenas de los coches de policía y que tendría que relatarles lo que había visto. Así que me vestí (iba en camisón) y me senté en la cocina, sin encender las luces, a la espera de los acontecimientos.

En vez de coches de policía, sirenas y ajetreo, vi que Torrance salía de la casa al cabo de los minutos con un mantel. Había enrollado algo del tamaño de un cuerpo, y estaba segura de que era Mark Kaplan. Torrance avanzó por su jardín y empezó a cavar. Permanecí despierta el resto de la noche, observándolo. No llamé a la policía, aunque estuve tentada de hacerlo. Sabía lo que una declaración ante un tribunal supondría para Marcia Rideout, quien nunca ha conocido la estabilidad. Además, Mark Kaplan la había atacado, y yo lo sabía.

Así que no hice nada.

Pero poco más de año y medio después, tuve una disputa con Torrance por culpa de un árbol, al que podó arrogantemente algunas ramas. Cada vez que miraba por la ventana de mi cocina, el árbol tenía peor aspecto. Así que hice algo de lo que no me enorgullezco. Aguardé a que los Rideout estuvieran fuera de la ciudad y me colé en su parcela por la noche para rebuscar donde había visto a Torrance cavando tantos meses antes. Me llevó tres noches, ya que soy una anciana, pero encontré la calavera. La recuperé y me la llevé a casa. Dejé el agujero al descubierto, para asegurarme de que Torrance supiera que alguien tenía la cabeza y sabía lo que había hecho.

No estoy nada orgullosa de esto. Ahora me siento demasiado enferma para devolver la calavera a su sitio, pero Torrance me da demasiado miedo como para devolvérsela. Y he estado pensando en Mike Osland; desapareció antes de la muerte de Mark Kaplan y recordé haberlo visto mirando a Marcia durante las fiestas. Ahora pienso que Marcia, algo excéntrica en la superficie, de hecho está bastante perturbada y que Torrance lo sabe. Y, aun así, sigue con su vida negándolo, como si negando que necesite cuidados especiales fuera a curarla.

Me acerco demasiado al final de mi vida como para preocuparme por esto. Si mi abogado descubre todo esto, podrá hacer lo que crea más conveniente; pero me importa bien poco lo que pueda decir la gente cuando ya no esté. Si Roe descubre esto, deberá hacer lo que considere oportuno. La calavera está en el asiento de la ventana.

Jane Engle

Me quedé mirando el papel que sostenía entre las manos y a continuación lo doblé otra vez. Sin pensarlo demasiado, empecé a hacer añicos la carta, primero en mitades, luego en cuartos y luego en tercios, hasta dejarla reducida a una pila de *confeti* sobre la encimera. Lo reuní todo y lo eché al fregadero, abriendo el grifo y activando la trituradora. Tras dejarlo en marcha un rato, cerré el grifo y comprobé con cuidado el resto de las cartas del anaquel. Todas eran exactamente lo que parecían.

Miré el calendario de Jane, aún abierto dos meses antes. Lo descolgué, lo puse en la página del mes actual y lo volví a colgar. No tenía ni una sola marca. Lo más extraño de no tener un trabajo era que la semana era muy monótona. Ni siquiera necesitaba tomarme un día libre por nada. De repente, el vacío se abrió frente a mí como una rampa escurridiza. Seguro que había algo que pudiera hacer.

Claro que sí. Sacudí la cabeza, horrorizada. Se suponía que hoy debía recoger mi vestido de dama de honor remendado.

La señora Joe Nell no se tomaría demasiado bien que me olvidara.

Y entonces supe lo que haría al día siguiente.

Empezaría a buscar mi propia casa.

Me desvié por el cementerio de camino a Great Day. Ascendí la pequeña colina en cuya cima se encontraba la lápida de Jane, ya colocada. Si Bubba Sewell consiguió que lo hicieran tan rápido, quizá fuese merecedor de mi voto. Sintiéndome estúpida y sentimental, contemplé la lápida durante unos segundos. Había sido una idea estúpida. Finalmente me dije:

—Vale, lo disfrutaré.

No había sido necesario ir hasta el cementerio para llegar a esa conclusión. Podría haber hablado con Jane desde cualquier sitio. Una gota de sudor recorrió mi espalda.

—Muchas gracias —dije, esperando no sonar sarcástica—, pero no me hagas más favores —le pedí a la lápida y me eché a reír.

Volví a meterme en el coche y fui a buscar mi vestido de dama de honor.